初《はつ》午《うま》いなり

木挽町芝居茶屋事件帖

篠 綾子

時代小説文庫

角川春樹事務所

本文デザイン／アルビレオ

目次

初午いなり

木挽町芝居茶屋事件帖

第一幕　若菜の粥

一

「さあ、いらっしゃい、いらっしゃい」

喜八《きはち》は店前《たなさき》の通りに向かって声を張り上げた。

一月の子《ね》の日、木挽町《こびきちょう》の芝居小屋では山村座《やまむら》が幕を開ける。それに合わせ、通りを行き来する人の数は一気に増した。芝居小屋から少し離れた小茶屋「かささぎ」は、今日から店を再開している。

喜八は十七歳ながら、この茶屋の切り盛り役だ。茶屋の持ち主が叔母《おば》のおもんなので、言うなれば「若旦那」といったところ。

若旦那であれば、客のあしらい、呼び込み、ましてや注文の運び役など、人任せにできそうなものだが、そうはならず、喜八はすべてをこなさなければならない。

「えー、お芝居を観《み》に来られたお客さん、その前に、お茶でも飲んであったまってってください よ」

こちらへ向かってくる若い娘の二人連れに向かって、喜八は声をかけた。片や梅、片や南天をあしらった友禅染《ゆうぜんぞめ》を華やかにまとい、めかし込んでいる。

二人の娘の目がこちらへ向いた時、彼女たちが顔見知りであることに、喜八は気づいた。前にも立ち寄ってくれたことのあるお客さんだ。生憎《あいにく》、名前までは思い出せない。

だが、目が合うなり、二人はぱっと顔を明るくし、いそいそと喜八のところへやって来た。

「喜八さん、お久しぶり」

梅柄の娘がはにかみながら挨拶した。

「お店、しばらく閉めてたでしょ。かささぎがなくなっちゃったらどうしようって、あたしたち、心配していたのよね」

と、南天娘が頬を染めて言う。

「なくなりゃしませんよ。山村座の新興行に合わせて、ちょっと店の中のあれこれを新しくしようとしてたもんでね」

「新しくって、どうなったの？　大工さんが入ったって話も聞いてないけど……」

南天娘が喜八の肩越しに店の中をのぞき込む。一瞬の後、娘の表情は固まった。

「へい、らっしゃい」

店の中で腰掛けていた男たちが声をそろえて挨拶する。しかも、その顔はどれもごつくて恐ろしげだ。

「どう？　お芝居の前に寄っていってよ。うちの料理人の腕は知ってるだろ。今日は若菜《わかな》の粥《かゆ》もあるんだぜ」

喜八がさらに誘うと、娘たちはぶんぶんと首を横に振った。

「そ、そうしたいのは山々なんだけれど、帰りに寄らせてもらうことにするわ」

「うん、それがいいわね。お芝居の前じゃ、ゆっくりできないし……」

慌ただしく答えると、娘たちは互いに手を握り合って、芝居小屋の方へ行ってしまった。流行《はや》りの水木《みずき》結《むす》びに締めた帯が大きく揺れている。

「今の今まで機嫌よさそうにしてたのに、急に態度を変えちまって。何なんだかね」

逃げられたお客の背中に、喜八がぼやくと、店の中の男たちがどっと笑った。

「仕方ありやせん。世間じゃ、変わりやすいのは男の心と言いますが、女の心だって負けず劣らず変わりやすいもんでして」

「そうそう。若《わか》にはまだ分からねえかもしれませんがね」

男たちはまだにやにやしている。

「そんなもんか?」

喜八が首をひねっていると、

「違いますね」

と、奥から冷静な声がした。

声の主である弥助《やすけ》は、喜八より二歳上の十九歳。子供の頃からの付き合いだが、その上下関係が揺らぐことはない。喜八が上で、弥助が下だ。年齢順でないのは、喜八が元かさぎ組の組頭《くみがしら》、大八郎《だいはちろう》の倅《せがれ》だからである。一方の弥助は、その大八郎が深く信頼していた一の子分、百助《ひゃくすけ》の倅であった。

「さっきのは、京橋《きょうばし》の梢《こずえ》さんとおしんさん。前からうちを贔屓《ひいき》にしてくださっています」

「あ、そうそう。お前、よく覚えてたなあ」

喜八が感心して言うと、

「お得意さんの顔と名前を覚えるのは、茶屋で働く者の務めですから」

真面目《まじめ》に言い返された。

「ん、まあ、そうか」

気まずさから喜八は目をそらす。

喜八をはやし立てていた男たちも一転、白けた顔になっていた。喜八が相手なら「名前がすらすら出てくるなんざ、お嬢さんに気があるんですかい?」くらいの茶々を入れる男たちである。が、弥助相手にそんなことを言っても、木で鼻をくくったような応《いら》えをされるだけだ。

「梢さんもおしんさんも、以前から若の気を引きたくてたまらないというふぜいでした。つまり、あの二人がうちの店へ来てくれるのは、若のおかげだったんです」

とは大袈裟《おおげさ》な言いようだが、自分への好意については喜八も気づいていた。その自分が誘ったのに店へ寄っていかなかったのは、やはり女の心変わりではないか。

「その二人が若の誘いを断った。理由は一つしかありません」

言うや否や、弥助は店に陣取る男たちへと目を向けた。

「あにさんたちのせいでしょう」

一瞬の沈黙の後、中の男たちはわいわい騒ぎ始めた。

「げげ、何で俺たちのせいなんだい」

「そりゃあ、強面《こわもて》の野郎もむさ苦しい野郎もいるさ。けど、お嬢さんたちにゃ、笑顔で挨拶しただけだぜ」

「そうそう。こう、にっこり笑いかけてだな」

俺も、俺も――と、店の中にいた総勢五人が口々に訴える。

弥助から「あにさん」と呼ばれた男たちは皆、元かささぎ組の連中だった。喜八の父、大八郎の子分たちで、大八郎亡き今、倅の喜八を盛り立てねば、と考えている。だから、この芝居茶屋「かささぎ」が新たに店開きした今日こそは、喜八の晴れ舞台だとばかり、万難を排して駆けつけたというわけだ。

彼らは初め、茶屋の手伝いを申し出たのだが、弥助から丁重に謝絶されたため、ならばせめて客となって金を落とそうという話になった。その結果、客席に居座り、喜八の仕事ぶりを見守っている、という形になったのだが……。

そんな子分たちの心意気は身に沁《し》みるので、喜八も好きにさせていたのだが、彼らのせいで客が逃げるのはいただけない。

「本当にこいつらのせいで、あのお客たちは逃げ出したのか？」

喜八が首をかしげると、弥助は「さっきの顔を若に見せてやってください」と一言。

弥助の言葉を受けた男たちは口角を上げ、歯を剝《む》き出して、笑顔とやらを見せた。

（うーん。こりゃあ、お嬢さんたちは入りにくくなるだろうなあ）

喜八はそっと溜息《ためいき》を吐《つ》き、弥助は肩をすくめてみせた。

（分かっちゃいたけど、やっぱりか。昔住んでた佐久間町《さくまちょう》のようにはいかねえよなあ）

佐久間町とは、大八郎が組を構えていた神田の町で、喜八が生まれ育ったところでもある。そして、喜八の記憶の中で、この気のいいかささぎ組の連中たちが、町の人から嫌がられたり、遠巻きにされたりすることはなかった。

あの頃から今日に至るまでの日々、喜八にとっても子分たちにとっても、実にさまざまのことがあったのである。

二

喜八の父の大八郎は、俗に「町奴《まちやっこ》」と呼ばれるならず者集団「かささぎ組」の親分だった。

かつて戦国の世において、派手な風俗を好み「かぶき者」と呼ばれた者たちは、江戸開府の後は、大きく二つの派閥に割れた。旗本が配下の中間《ちゅうげん》や小者《こもの》たちと徒党を組んだ「旗本奴」と、町方から出た「町奴」だ。互いにいがみ合っていたのだが、治安を乱すとのことで、両者共に弾圧された。

その弾圧の中心となったのが、盗賊追捕《ついぶ》の役に就いていた中山直守《なかやまなおもり》――通称を勘解由《かげゆ》といい、「鬼勘解由」と恐れられた大目付《おおめつけ》である。喜八の父、大八郎はこの中山直守によってお縄となり、獄門と決まったのだが、処刑の前に牢屋《ろうや》で死んだと聞かされている。

この時、難を逃れた子分たちは、後になって「親分は俺たちを逃がすために自らつかまったんでさあ」と、涙ながらに喜八に語った。

大弾圧が行われたのは、貞享《じょうきょう》三（一六八六）年のことで、今から八年前のことだ。

当時、九歳だった喜八は、大八郎の懐刀だった百助の手で、歌舞伎役者の女房となっていた叔母おもんのもとへ連れていかれた。だが、百助もまた役人に追われる身であり、そのまま喜八に付いているわけにはいかない。代わりに「死ぬ気で若をお守りしろ」と喜八に付けられたのが、百助の倅の弥助であった。

この時、弥助は否応《いやおう》なく、喜八のために命を懸ける覚悟を背負わされたのだ。以来、喜八にとって、弥助はただの幼馴染《おさななじ》みではなくなった。何でも聞いてくれる優しい兄のような少年は、新しい町で起こるすべてのことに、体を張って喜八を守る楯《たて》になろうとした。そんなことをしてくれなくていいと言ってはならないことを、喜八も肌で感じていた。

父親同士の間に結ばれていた深い絆《きずな》を、自分たちもまたそっくり受け継がねばならない。どちらが上で、どちらが下か、それまであいまいに済ませてきた関わりが、忽《ゆるが》せにできぬものと自覚されたのはこの時からだ。そこから逃げ出すことは決して許されなかった。

貞享三年の大弾圧は、二百人余りのならず者を捕縛《ほばく》して終わった。

徒党の頭《かしら》たちはほとんど捕らえられ、その幹部たちも追われた。中には百助のように逃げ延びた者もいた。が、逃亡者たちの動きを押さえるため、捕縛された者には重い刑罰が下された。

その翌年には、「鬼勘解由」と呼ばれた中山直守が亡くなったが、ならず者たちにはや昔日の勢いはなく、再び徒党を組もうという動きは起こっていない。

そして、しばらく隠れ潜んでいた子分たちがおもんと喜八の前に現れたのは、大弾圧から三年が過ぎた頃のことであった。

「この命は、お頭に救ってもらったようなもんです」

「御恩は一生忘れません」

大八郎の死を悼《いた》みつつ彼らは誓った。「若のため、できることは何でもいたしやす」と。

「その気持ちはいったん、あたしが預からせてもらうよ」

この時、おもんが言った。

「あんたたちの感謝の気持ちは兄《にい》さんにも伝わっているだろう。けど、もしあんたたちが喜八を押し立てて、かささぎ組を復興させたいなんて考えてるなら……」

おもんがいったん言葉を切ると、子分たちは互いに顔を見合わせた。図星を指されて驚く顔もあれば、きまり悪そうな顔もあった。

「それはもう、あきらめな」

全員の顔を見回した後で、おもんははっきりと告げた。

大弾圧によって、旗本奴も町奴も徒党を組んでいた連中はばらばらになった。残った連中が真っ当な町人として生きる限り、捕らえられることはもうないだろう。しかし、少しでも妙な動きを見せれば、公儀は決して黙っていない。今だって、大八郎の遺族である自分たちから、役人は目を離していないのだ。

そんなようなことを、おもんは子分たちを前に語った。その口ぶりには無念さも漂っていたが、かささぎ組の復興などということは断じて口にさせないという、おもんの覚悟のほどが感じられた。

それに気圧《けお》されたのか、子分たちの口から、組の復興を願う言葉は出てこなかった。

ただ、その場にいた喜八は、

(叔母さんは、俺に向かってしゃべってたんじゃないか)

と、ひそかに思っていた。

――喜八、あんたも親父の跡目を継ごうなんて、決して考えるんじゃないよ。

おもんが牽制《けんせい》したかったのは、自分だったのではないか。

叔母の気持ちは分かる。喜八を、公儀によって命を奪われた大八郎の二の舞にはさせまいと、甥《おい》の身を案じてくれているのだ。

(けど、親父は獄死しなければならないだけのことを、本当にしていたのか)

大弾圧から時を経て、落ち着いてものを考えられるようになって以来、それは喜八の大きな疑問となっていた。

分かっているのは、父が他人を陥れたり傷つけたりする卑劣な男ではなかったということだ。組を構えていた神田佐久間町では、町民たちからも慕われていた。かささぎ組の子分たちも、町の人たちと和みながら暮らしていた。

ふつうの町民とは違う派手な形《なり》をし、奴詞《やっこことば》を使っていたのは事実である。対立する旗本奴や町奴の一家と喧嘩《けんか》沙汰になることも確かにあった。

そうした点が「江戸の治安を乱す」という理屈で、組が粛清されたことは理解できる。分からないのは、それが父の命をお上に差し出さねばならないほどの罪だったのか、ということだ。

その答えは、おもんも百助も他の子分たちも教えてくれなかった。

以来、子分たちは徒党を組むことなく、何がしかの稼ぎを得て真っ当に暮らしていく道を選んだ。何とかお上の手から逃げ果《おお》せた百助も女房と暮らし始め、その際、弥助もおもんのもとを離れ、両親の家へ身を寄せた。

そして、今から二年前のこと。おもんはにわかに言い出した。

「木挽町の小茶屋を一つ買い取ることにしたよ」

突然のことに、喜八はもちろん、おもんの夫である役者の藤堂鈴之助《とうどうすずのすけ》もあっけに取られたものだ。

「小茶屋ってお前、それを買ってどうするつもりなんだね」

鈴之助が尋ねると、

「お前さんの弟子たちを労《ねぎら》うための店があった方がいいだろう？」

と、おもんは答えた。鈴之助は山村座を代表する女形《おやま》の一人であったが、弟子たちはまだ若くて金もない。そういう彼らが気楽に利用するには、芝居小屋に隣接する大茶屋は敷居も高いし、金もかかるのだ。

小茶屋は芝居小屋から少し離れた場所にあり、芝居を観に来た庶民が気軽に立ち寄れる店である。役者の身内であるおもんがその女将《おかみ》となれば、役者たちも気楽に利用できるし、そこで客たちと芝居談義に花を咲かせることもできるだろう。

おもんがそういうことを言うと、

「そりゃあ、いい考えだねえ」

と、鈴之助はにこにこと笑顔になった。

「弟子たちを引き連れて、私も寄らせてもらおうじゃないか」

こうして鈴之助の了解を得たおもんは、

「喜八、お前にも手伝ってもらうからね」

と、決まったことのように告げた。そして、喜八が手伝う以上、弥助が手伝うことも同時に決まった。

喜八と弥助が運び役となり、女将のおもんが取り仕切るのなら、ひとまずは運び役を雇う必要はない。しかし、料理人だけは別に入れる必要があった。

この時、おもんが茶屋を開くと聞きつけ、「ぜひあっしにやらせてくだせえ」と申し出た者がいた。

松次郎《まつじろう》という、かささぎ組の元子分である。組に入る前は旗本屋敷で料理人を務めていたこともあり、おもんはすぐに松次郎を雇い入れた。

「店の名前は『かささぎ』に決めたよ」

おもんは誰にも相談せず、有無を言わせぬ口調で告げた。

「そりゃあ、いい。きっと流行るに違いないね」

この時も、鈴之助はもろ手を挙げて賛成した。

喜八は少し驚き、少し複雑だった。

形は違えど、「かささぎ」の名が復活することが嬉《うれ》しくないわけではない。一方で、父が組頭を務めたありし日の姿を思い出せばつらくもなる。松次郎と弥助もまた、やはり複雑な心持ちであるように見えた。

店開きから二年が経《た》ち、味噌田楽《みそでんがく》や香ばしいねぎ味噌など、酒のつまみにもなる気の利いた松次郎の料理は評判もよく、芝居茶屋かささぎの商いは順調である。芝居目当てでなくとも松次郎の料理を食べに来る客もおり、また運び役である喜八や弥助目当ての女客などもいたりして、かささぎは小茶屋ながら人気の店になっていた。

そして、去年の終わり、おもんはまた急に言い出した。

「来年から、茶屋は喜八に任せるから」

おもんがいきなり事を運ぶのはいつものことだが、これに逆らう者はいなかった。

よく聞けば、これからおもんは夫鈴之助のそばで、弟子の役者たちの世話に専念したいということらしい。芝居茶屋かささぎの女将という立場はそのままとしつつも、これまでのように毎日店に出て客の相手をすることは難しくなる。そこで、若旦那である喜八に店の一切を任せ、松次郎と弥助に喜八を支えてもらう。もちろん、店にどんな品を出すか、ということも、三人で決めればいいとおもんは言った。

「よおし。やってやろうじゃねえか」

喜八は張り切った。

芝居茶屋の手伝いはもともと喜八の性に合っていた。客の相手をするのは嫌いではない。とはいえ、これまでは言われるままに仕事をこなしているだけであった。客が多く入り、客から料理を褒められれば嬉しいが、そこ止まりである。

それが、おもんから店を任されたのを機に変わった。弥助と松次郎の顔つきも変わったように見えた。

そして、休業の間に三人で相談し、ひとまず品書きを一新し、今日の日に備えた。大工を入れて店の内装を変えるところまでは手が回らなかったが、喜八にとって、今日は大事な店開きだ。

弥助と松次郎はもちろんだが、子分たちもその意気込みは同じである。それはありがたいのだが、

(こいつらの顔は怖いんだよなあ)

どうしたものかと、喜八は溜息を吐いた。まさか、客が逃げるから店には来るなとも言えない。その時、

「何だい、店開きだってのに、お前たちが陣取ってたら、まともなお客が一人も入ってこられないじゃないか」

活《い》きのいい女の声が後ろから飛んできた。振り返れば、紺地に蘇芳《すおう》と浅葱《あさぎ》の縦縞《たてじま》が入った唐桟留《とうさんとめ》を着こなしたおもんがすっくと立っている。

「姐《あね》さん、ご苦労さまです」

子分たちがあたふたと立ち上がり、背筋をぴんと伸ばして挨拶した。

三

おもんの夫の藤堂鈴之助は、山村座を背負って立つ役者である。

しかし、二人が知り合った頃の鈴之助は、まだやっと二十歳《はたち》を超えたばかり。山村座に名を連ねてはいたが、舞台にも立てぬ見習いに過ぎなかった。

恋仲になった二人はすぐに夫婦《めおと》になる決意をし、大八郎やおもんの父――つまり先々代のかささぎ組の頭に許しを願い出る。その返事は、鈴之助が役者の道をあきらめ、かささぎ組に入るのならば夫婦の契りを許そうというものであった。

――私は役者の道を捨てるつもりはありません。鈴之助はきっぱりと言い、おもんもまた、鈴之助とは別れないと言い切った。二人は駆け落ちして夫婦となり、おもんは勘当となる。その後、大八郎の代となるまで、おもん夫婦と実家との付き合いはなくなっていた。

やがて、かささぎ組を継いだ大八郎は、役者の女房となった妹を許し、それから両家の親戚付き合いが始まった。結果としてはそれが幸いし、貞享の大弾圧の後、おもんが喜八を引き取ってくれたのである。

「お前たち」

おもんは店の暖簾《のれん》をくぐるなり、子分たちをじろりと見た。

「今日から、喜八がこの店を切り盛りすることになったのは、承知してるんだろうね」

「へい、姐さん。もちろんでさあ」

子分たちは声をそろえて返事をする。

「あたしが切り盛りしてた頃には、こんなふうにそろって顔を見せることはなかったよねえ。で、お前たちはここで何をしてるんだい？」

「それは、その……」

子分の一人が言いよどんだ。

「ええと、ですね。俺たち、若のことが心配で駆けつけましたんで」

別の子分がしどろもどろになりながら答えた。

「そうかい。喜八ももう十七。心配されるようなたまじゃないと思うけど、まあ、お前たちには餓鬼《がき》に見えるのかもしれない。けど、それを言うなら、お前たちは喜八のために、何をしてくれてるんだい」

おもんが子分たちを順繰りに見つめながら尋ねる。

「そりゃあ、売り上げの助太刀《すけだち》ってことで。もちろん金は倍増しにしてまさあ」

「へい。ご祝儀代わりと言っちゃあ何ですが」

子分たちがおもんの機嫌を取るように言った。

「お前たちがいくら金を包もうが、そのせいで他のお客が入ってくれなきゃ、元も子もないだろ」

おもんの言葉に、子分たちは「へ？」と目を丸くしている。わずかな沈黙の後、

「俺たちがいくらか席を陣取ってるといったって、他にも席はあるじゃねえですか」

子分の一人が恐るおそる言い出した。

「馬鹿だね。お前たちみたいないかつい男がいたんじゃ、他のお客が怖くて入ってこられないんだよ。特に若い娘はさ。せっかく喜八と弥助のきれいどころで、若い娘のお得意さんを作ったたってのに……」

「きれいどころってのはやめてくれ。女じゃあるまいし」

喜八は話に割って入った。

「若のおっしゃる通りです。若はきれいどころで通っても、俺は通りません」

続けて弥助も抗弁するが、喜八の言い分からは微妙にそれている。

「何、お前さんだって悪かあない。喜八みたいな見てくれは、若い娘にゃ、そりゃあ人気を取るさ。けどね、年増《としま》の中にゃ、お前さんのその冷たそうなとこに痺《しび》れるってのも……」

おもんが嫣然《えんぜん》と微笑《ほほえ》みながら、弥助の顎《あご》に細い手をかける。ごくっと唾《つば》を呑《の》み込む音は、子分たちの誰かのものだ。当の弥助ときたら、おもんの色っぽい顔が正面から近付いても、顔色一つ変えない。

「おいおい、昼日中《ひるひなか》から若い男をたぶらかすたあ、大した女だな。亭主持ちのすることじゃない」

その時、渋い男の声がして、金茶色の暖簾が割れた。

喜八をはじめ、店の中にいた人々の目が一斉に声の主へと注がれた。「けっ」と舌打ちする音が次々と聞こえてくる。

「はん、冗談の通じない男は女から嫌われるよ」

おもんが弥助から離れて、新たに現れた客の方に向き直り、毒づいた。

入って来たのは、三十代後半ほどの厳《いか》めしい顔をした侍である。時折、かささぎへやって来る客なのだが、ここにいるすべての者たちから蛇蝎《だかつ》のごとく嫌われていた。

侍の正体は、中山直房《なおふさ》。

喜八の父、大八郎をお縄にし、かささぎ組を叩《たた》きのめしたあの大目付、中山直守の息子なのだ。父親が現役の頃から、自身も火付人《ひつけにん》を追捕する役に就いており、父亡き今は家督と「勘解由」の通称を受け継いでいる。そればかりでなく、父の異名であった「鬼勘解由」にちなみ、自身は「鬼勘《おにかん》」と呼ばれていた。庶民たちにとっては正義の役人を称《たた》えての美名かもしれないが、喜八たちにとっては悪名でしかない。

「ここはね、お旗本のお殿さまが来なさるところじゃありませんよ」

おもんがふだんよりも一段低い声で言った。先ほどより落ち着きを取り戻しているが、その分、態度は尖《とが》っている。

「それを決めるのはお前さんたちじゃない。客であるこの私だろう」

それに——と、二代目鬼勘が余裕のある口ぶりで続けた。

「私はここの料理が気に入っていてね。時折ふっと食べたくなる」

「ふん」

と、おもんは鬼勘の言葉をまったく信用していないようだ。そんなおもんにはもう取り合わず、

「今日からこの店を仕切るのは、若旦那って言っていいのかな、女将の甥っ子のこちらさ

んなんだろ」

と、鬼勘は喜八の方にゆっくりと目を向けた。

「そうですよ」

喜八はおもんの前に出て応じた。

「空いているお席にどうぞ。ご注文をお聞きしましょう」

鬼勘は出口に最も近い席に座った。それから喜八の顔を見上げ、太々《ふてぶて》しく笑ってみせる。

「お品書きが新しくなったようだが、お勧めは何かね」

「お酒を召し上がるなら、お好みでつまみをお選びいただくのがいいでしょう。他には今日限りということで、若菜の粥もお出しできますが」

すかさず言葉を返す喜八に対して、鬼勘の方は「ほう」と余裕のある態度を崩さない。

「今日は子《ね》の日か。昔、初子《はつね》の日には若菜摘みをしたという。そんな風流を若旦那に教えてくれる人がいたとはなあ」

嫌みともつかない褒め言葉を発し、鬼勘はわざとらしく子分たちの方を見る。子分たちは怒りに顔を赤くしながらも、鬼勘から目をそらした。

「山村座の叔父《おじ》さんから聞いたんですよ」

喜八が答えて、鬼勘の注意を自分へ戻した。おもんの夫の藤堂鈴之助から教えてもらったのは本当である。

「なるほど、役者なら故事にもくわしいだろう。では、それをもらおうか」

鬼勘は悠々とした口ぶりで言った。「へい」とだけ答えて、喜八が奥の調理場にいる松次郎へ伝えに行く。

その間、子分たちはぎらぎらした目で鬼勘を睨《にら》み続け、鬼勘の方はといえば臆することもなく、かえって子分たちの様子を抜け目なく吟味でもしているようだ。

一方、おもんはすっかり気分を害してしまい、

「ああ、胸糞《むなくそ》悪い」

と、捨てぜりふを吐くなり、さっさと店を出ていってしまった。

やがて、鬼勘が注文した粥が出来上がった。土鍋で直《じか》に炊き上げた白米の粥の上に、塩《しお》茹《ゆ》でにしたすずな、すずしろ、ごぎょうの緑が添えられている。春の七草を食べるのは一月七日だが、その中から匂いや味のきついものを除いたということだった。

松次郎が無言で差し出した粥の椀《わん》を、喜八が取ろうとすると、

「俺が運びますよ」

と、横から弥助が言い出した。喜八と鬼勘を近付けさせまいとする気配りのようだ。

弥助のこういう濃《こま》やかさに、喜八は内心でいつも感謝している。それで、今日もいつものように「じゃあ、頼むよ」と言いかけたのだが、

「いや、私は若旦那に運んでもらいたいな」

と、客席から憎らしい声が飛んできた。「何だとお」とばかり、子分たちが目を剝《む》くのだが、鬼勘はどこ吹く風だ。

「俺が行く」

喜八は弥助の腕をつかんで動きを止めると、椀を取って盆にのせ、鬼勘のもとへ向かった。

「お待ち遠さま」

何でもない顔をして、注文の品を置く。

「ほう、辛抱強いな。感心感心」

鬼勘の言葉の端々には小馬鹿にするような色が混じっている。

「帰っちまった女将やそこの連中より、ずっと我慢ができるし、頭も悪くないようだ」

「あのなあ。それって、俺にゃ度胸がねえって言ってるつもりなのかい」

喜八は鬼勘に目を向け、伝法《でんぼう》な言葉遣いで言い返した。

「おたくの魂胆は見え透いてるんだよ。商いの邪魔して俺たちを怒らせ、手でも上げさせりゃしめたもの。たちまちお縄って胸三寸だ。そりゃあ、町奴の生き残りみたいな連中が、町ん中をうろうろしてちゃ、おたくは目障りだろうけどよ」

「言いがかりもいいところだ。私はただ、ここの料理が気に入っているだけにすぎぬ」

わざとらしく両手を合わせ、「いただきます」と鬼勘は粥を掬《すく》った。一口呑み込んで、

「うむ、なかなかの味だ」とうなずいてみせる。鬼勘は二口、三口と、続けざまに粥を口に運んだ。時折目を閉じ、じっくり味わうような表情をしているのは、あながち見せかけでもないらしい。

鬼勘が粥をたいらげる頃を見澄まして、喜八は茶を運んだ。

「美味《うま》かったよ。ご馳走《ちそう》さま」

鬼勘は満足げな表情で言う。

「七草の粥はどうも好きではなかったんだがな。この粥は実に美味い」

「七草ぜんぶは使っていないんですよ」

「ふうむ。だが、それだけでもない。出汁《だし》がきいている上に、菜がそれを邪魔していないのだな」

真面目な顔つきで講評する鬼勘の顔を、喜八はあきれながら見つめた。

「何だ」

鬼勘がまじまじと喜八を見つめ返す。

「いや、並々ならぬ面の皮の厚さだと、敬う気持ちすら湧いてきましてね。俺も含めて、ここにいる連中がおたくをどう思ってるのか、知らぬわけでもないでしょうに」

「身を守る手立てを講じていないとは言っておらぬ」

湯飲み茶碗を口へ運びながら、悠然と鬼勘は言った。

「この店の外に、配下のお侍が控えているってわけですか。けど、これだけは覚えておいてくださいよ」

喜八は台に手をつき、鬼勘の耳もとに口を寄せる。

「俺を怒らせてつかまえたいんなら、好きにすりゃあいい。けど、俺の大事な仲間を罠《わな》に嵌《は》めようとしたら、そん時は――」

低めの小声は、鬼勘以外の者の耳には届いていないはずだ。だが、そんな状況を弥助や子分たちが黙って見ているわけもない。口の数だけ「若っ」という声が飛んできた。

「何でもねえよ」

喜八は鬼勘から離れ、弥助たちに笑ってみせた。

「次は、配下のお侍たちもご一緒にどうぞと、お誘いしただけだ」

喜八のごまかしを信じた者はいなかっただろうが、鬼勘はあえて否定しようとはしなかった。

「そうそう。美味い粥の礼に一つ思いついたことがある。正月初子の日に若菜を摘んでいたのは昔のことで、今は正月といえば専《もっぱ》ら松の飾りだろう。松の実を入れた粥など出したら、お客に受けがよいのではあるまいか」

「お言葉ですが」

と、その時、口を挟んできたのは弥助だった。

「若菜摘みを知っていた俺たちが、松の飾りを見落とすわけがないでしょう。松の実の粥だって、若はちゃんと思いついてらっしゃいましたよ。けど、松の実はそこらで採れるもんじゃございません。漢方の薬として使われるのがほんのちょっとだけ。ご用意はしていますけど、本当に入用《いりよう》とする大事なお客さんにしかお出しできないんです」

「なるほど、それは失敬なことを口にした」

鬼勘はにやりと笑った。

「つまり、私は大事な客とは思われていなかったというわけだ」

懐から銭を出し、台の上に置いて立ち上がる。釣りは要《い》らぬと言うので、喜八は「ありがとう存じます」と礼を言い、店の外へと送り出す。

「お前、本当に松の実なんて用意してたのか」

鬼勘が配下の侍たちを引き連れ、芝居小屋の方へ去っていくのを見送りながら、傍らに立つ弥助に喜八は驚きの目を向けて訊《き》いた。

「用意してるわけないでしょう」

弥助は淡々とした声で言う。

「だよなあ」

喜八は納得した様子でうなずきつつ、傍らに立つ冷静な男を頼もしく思った。

四

鬼勘が帰ると、店の中に居座っていた子分たちは、

「あっしら、ここにいると、若のご迷惑みたいですんで」

と、困り顔で言い出した。帰るのかと思いきや、店の奥に引き揚げて、様子を見るということらしい。

「おかしな野郎が来たら、俺たちが締め上げてやりますんで」

と言うのは、用心棒をもって任じているからか。曲がりなりにも役人たちは店の中で無理無体なことはすまいが、難癖をつけに来たならず者ならそうもいかない。かつてかさぎ組と仲の悪かった旗本奴や町奴の中には、大弾圧を免れた者もいた。

鈴之助の女房のおもんが仕切っていた頃は手出ししなかったが、喜八が仕切る店なら無茶してもいいと考える輩《やから》がいないとも限らない。

案じる子分たちの気持ちも分かるから、喜八は反対しなかった。ただし、店の奥といえば、松次郎のいる調理場と横の小部屋が一つだけ。五人もの子分がひしめき合えば、松次郎の邪魔になるだけである。

「お前ら、ここに居続けるんなら、見張り役を一人残して、他の連中は二階へ上がって

ろ」

　と、喜八は告げた。

「へえ、若のおっしゃる通りに」

　子分たちは素直に聞き容《い》れ、そそくさと姿を消す。

　すると、店の様相は一変した。二人、三人と続けざまに客が入ってきて、たちまち席は埋まってしまったのである。

「喜八さあん、あたし、お汁粉《しるこ》」

「こっちは若菜のお粥二つ、頼むわね、喜八さん」

　あっちでもこっちでも、注文をする声が上がる。喜八が呼ばれることが多いが、五回に一度くらいは弥助の名を呼ぶ甘い声も混じる。

　つまりは、前からかささぎに足を運んでくれた馴染み客というわけだが、不思議なことに若い娘ばかりというありさま。時には、おもんを目当てに足を運んだかと見える年配の馴染み客も顔をのぞかせるが、若い女客ばかりの様子に恐れをなしたか、暖簾をくぐらずに去ってしまう者もいる。

　舞台が始まる時刻が近付くと、客はいったん減ったのだが、その頃、二十代半ばほどの男と十四、五と見える少年の二人連れが店へ入ってきた。

「お客さん、ゆっくりしてるとお芝居が始まっちまいますけど、いいんですかい」

喜八が念のため尋ねると、

「いえ、私たちは店の仕事ついでにお茶でも、と思って寄っただけですから」

年上の男が穏やかな調子で答えた。

「お客さんたち、前にもいらしてくださいましたよね」

二人が席に着くと、弥助が声をかける。

「ええ、前に一度。でも、覚えていてくださったんですか」

客の男は嬉しそうに言い、「もちろんです」と弥助が笑顔で応じる。相変わらずの物覚えのよさと、男相手にも発揮される愛想のよさに、喜八は内心で舌を巻いた。

「日本橋のお店《たな》の手代さんと小僧さんでしたでしょうか。お名前はお聞きしなかったかと思いますが」

「私は定吉《さだきち》といい、こっちは乙松《おとまつ》といいます」

客の男が応じ、乙松という少年がひょいと頭を下げた。喜八と弥助もそれぞれ名乗り、今日から新しい装いで店を再開したこと、今日は若菜の粥がお勧めだということを伝える。

だが定吉は、昼餉《ひるげ》は店で食べることになっているので、と言い、茶だけを注文した。

「へえ。少々お待ちください」

喜八は調理場へ行き、用意をする。その時、

「これ、一緒に出してやってくれませんか」

と、松次郎が横から小鉢を出してきた。

「お、いいね。若菜のお浸しか」

粥でも使う若菜に冬菜を加えたものを特製の出汁で味付けし、山葵《わさび》を添えて、鰹節《かつおぶし》をふんだんに盛っている。

「このお代は……」

言いかけた松次郎の口を封じ、

「もちろんいただかないよ。常連さんになってもらいたいからな」

と、喜八は目くばせした。それから定吉たちの席へ行き、「これは二度も来てくれたお客さんへのお礼です」と小鉢を二つ差し出して言う。定吉は恐縮していたが、

「わあ、定吉さん。花が咲いてるみたいですね」

乙松の方は屈託なく明るい声を上げた。若菜の小鉢に吸い寄せられた目はきらきらしている。

「ま、花鰹って言うくらいですからね」

喜八の言葉に、「へえ」と感心した様子で呟《つぶや》き、乙松は箸を手に取った。

「おいしいです。香りもすごくいいし」

笑顔の乙松に、定吉もうなずいた。

「ああ。嚙《か》むたびに出汁がじわっと出てきて、すごくいい味だな」

二人が喜んでいるのを見届け、喜八は調理場へ下がった。松次郎はちょうど手が空いていたらしく、暖簾の近くで客の反応をうかがっていたようだ。

「二人とも喜んでくれてるぜ。料理人として挨拶に行ったらどうだ？」

喜八は声をかけたが、「いや、そんなことは」と松次郎は生真面目に首を横に振り、奥へ引っ込んでしまった。陽気な他の子分たちと違い、松次郎には遠慮がちで控えめなところがある。それも、かつてお屋敷勤めをしていたせいかなと思いながら、喜八は客席の方へ戻った。

「あんなふうに、しゃきしゃきして、食べ応えのあるお浸しは初めてです。ごちそうさまでした」

「ぴりっときいた山葵も格別でしたよ」

勢いよく言う乙松に定吉が続き、二人は笑顔で席を立った。

「また寄らせてもらいます。うちのおかみさんは、よくこっちへお芝居を観に来るんで、こちらのお店のこともお話ししておきますよ」

定吉はそう付け足した。松次郎の気遣いが新たな客まで呼び寄せてくれそうである。

「ありがとうございます」

定吉と乙松の二人を送り出し、皿と茶碗を片付けて戻ると、調理場に松次郎はいなかった。

「松《まっ》つぁんは？」

その場にいた弥助に訊くと、洗い物を手に外へ出たと言う。

「それにしても、あの二人連れのお客さん、一度しか来てないってのに、お前、よく顔を覚えてたよなあ。前に来たのはいつだ？」

喜八が問うと、弥助は平然とした顔で「九月ですね。確か、山村座の四代目が『勧進帳』に出てた時ですよ」とすらすら答えた。

「へえ。名前も聞いてなかったのに、よくもまあ」

感心しつつ、自分もしっかり覚えておこうと二人の名前と顔を心に留める。そういえば、あの二人、どこのお店の者だったたか。弥助に尋ねてみると、

「さあ、そこまでは聞いていませんね。日本橋のお店としか」

職種も聞いていないという。

「まあ、店のおかみさんたちも来てくれるようになりゃ、願ったり叶《かな》ったりだな」

そんな話をしているうちに、いよいよ最後の客が出ていった。その時になってもまだ、松次郎は戻ってこない。

「松つぁんには今のうちに休んでおいてもらわねえとな」

洗い物がたくさんあるなら代わってやろうと、喜八は外へ様子を見に行った。

ところが、井戸端には洗い終えた器類が盥《たらい》の中に置かれているだけで、松次郎の姿はな

い。

「どこ行ったんだ？」

独《ひと》り言《ご》ちながら庭先をうろうろしていたら、路地の方からひそひそと話す声が聞こえてきた。

「松つぁん、いるのかい？」

話している者たちの姿は枝折戸《しおりど》に隠れて見えなかったが、そちらへ向かうと、すぐに松次郎が現れた。その時、路地の向こうに消えていく人影が見えた。後ろ姿だけだが、あの紺の絣《かすり》は定吉が着ていたものだ。

「今の人、さっきまで店にいたお客さんだろ。松つぁんの知り合いだったのか」

だから、小鉢を付けてやったのか。それならそれで一言言ってくれればいいのに、と思っていたら、

「いえ、知り合いってわけじゃ」

と、松次郎がぼそぼそと答えた。何を話していたのかと訊くと、洗い物をしていたらあちらから声をかけてきたのだという。

「あっしがここの料理人だと知ると、お浸しの礼をって」

それを言うためにわざわざ店の裏まで回る客はいないだろう。ここの隣近所の店か家に用事があって、たまたま松次郎を見かけ、声をかけたといったところか。

「まあ、いいさ。それより、お客さんが引けているうちに、松つぁんも休んでくれ」

喜八が言うと、松次郎は「へえ」と答え、井戸端の盥を手に調理場へと戻っていった。

それから、しばらくして幕間《まくあい》の客を迎え入れ、またひと息吐いた後、帰りがけの客がやって来る。夕方の賑《にぎ》わいが去ると日が暮れ、初日の商いは無事に終了した。

おもんは鬼勘に腹を立てて出ていった後は、ずっと芝居小屋に詰め切りだったらしく、店に戻ってはこなかった。売り上げた金は一日ごとにおもんのもとへ運ぶ約束になっていたから、暖簾を下ろした後、弥助がさっそく金を数え始める。そこへ、

「お邪魔しますぜ」

と入ってきたのは、弥助の父の百助だった。銀鼠色《ぎんねずいろ》の小袖に漆黒の帯を着けた姿はなかなか粋に見える。

「若、今日はお疲れさまでござんした」

一息吐いていた喜八は「おう」と答える。

「松の野郎と弥助は、お役に立ちましたか」

「ああ。松つぁんの料理は相変わらず評判いいし、弥助の働きぶりについちゃ、言うまでもねえだろ」

父親が来ても金から目を離さず、勘定を続けている弥助を後目《しりめ》に、喜八は言う。

「そんならいいんですがね」

表情を変えずに、百助が応じた直後、二階からどたばたと子分たちが下りてきた。

「百助のあにさん、お疲れさまです」

百助の前に立ち並び、背筋をぴんと伸ばして挨拶する。

「おう、てめえら。若のお邪魔をしてねえだろうな」

「へえ、もちろんでさ。客席に出張ってましたのを、姐さんから叱られまして。その後はずっと奥に潜んでましたんで」

「ああ、ちょうど鬼勘と姐さんが出くわした時だな」

百助はすべて承知しているようだ。

「百助さん、知ってたのか」

喜八は目を瞠《みは》った。

「へえ、ちょいと離れたところから見てましたんで」

「まさか、ずっと外から、この店に出入りする客を見張ってたっていうのか」

「目立たねえようにしてましたんで、ご心配なく。鬼勘にも気づかれてませんや」

百助は自信ありげに言った。百助といい、他の五人の子分たちといい、こうして自分を気にかけて集まってくれる。俺はもう餓鬼じゃねえと思う一方で、やはりありがたかった。

そして、喜八が誰より感謝している相手と言えば——。

「勘定終わりました」

と、ようやく弥助が金から目を上げて言った。

「これから、女将さんのところへ届けに行ってきます」

弥助は疲れも見せずに、金を袋に入れて立ち上がる。

「それじゃあ、俺も一緒に――」

喜八が立ち上がろうとすると、弥助は自分だけでいいと言った。

「若は休んでいてください。俺は他にも寄るところがありますんで」

「じゃあ、あっしが付いていきやしょう。今日は姐さんにご挨拶してませんで」

と、百助が言う。

「なら、叔母さんに金を預けたら、その足で帰っていいからな。明日もまたよろしく頼む」

喜八が弥助に言うと、弥助は妙な表情を浮かべ、父親の百助と顔を見合わせている。

「どうかしたのか」

二人が何を気にしているのか分からず、喜八は訊いた。百助が「若」とおもむろに切り出す。

「若は今日から姐さんの家を出て、ここの店の二階で寝起きなさるんですよね」

「ああ、そうだ」

九つの時から世話になった叔母の家は居心地よかった。叔母のおもんは、口の利き方こそ乱暴だが、喜八をかわいがってくれたし、義叔父の鈴之助も優しかった。だが、いつまでも頼り切っているわけにはいかないし、茶屋の商いに打ち込むため、喜八の方から独り立ちを申し出たのである。

もしかしたら、叔母に反対されるかもしれない、と喜八は思っていた。何といっても女の叔母は余計な心配をして、駄目だと言うのではないか、と――。その場合、あの叔母を説得するのは大変だと覚悟もしていたが、蓋を開けてみれば「ああ、そりゃあ、いい考えだ」と叔母はあっさりしたものであった。むしろ寂しがったのは義叔父の鈴之助の方で、「ええっ、喜八ちゃん、うちを出ていっちゃうのかい？」と形のよい眉を下げたものである。この叔父は、喜八が十七歳になった今も、幼い頃と同じように喜八ちゃんと呼び続け、もうよしてくれと言っても、すぐにころりと忘れてしまうのだ。

そんな鈴之助をおもんがあやして説得し、喜八の独り立ちは決まった。

茶屋の二階はちょっとした道具さえそろえれば、寝泊まりするのに支障はないし、調理場も茶屋についている。ということで、喜八は今夜から一人暮らしをするべく、すでに叔母の家から布団や食器を運び入れてあったのだが、ここへ至って、

「若がお一人でってわけにもいかんでしょう」

と、百助がしかつめ顔で言い出した。

「今晩から、弥助をおそばに付けますんで」

決まったことのように言われ、喜八は「えっ」と声を上げた。その驚きぶりに、弥助が困惑気味の表情を浮かべている。

「女将さんから聞いていませんでしたか」

「聞いてない」

「そうでしたか。女将さんは俺が一緒ならってんで、若の独り立ちを許したって聞きましたけど」

弥助が百助にちらと目を向け、百助がその通りだとうなずいてみせる。百助もまた、おもんから喜八に話が通じていると思っていたらしい。

(叔母さんは一人で勝手に決めて、事は済んだと思っちまうところがあるからなあ)

喜八は内心で独り言ちた。

とはいえ、おもんの取り決めは絶対である。

(まあ、弥助と二人ってのも悪くないな)

心強いのは確かだし、久しぶりに枕を並べて寝るのも子供の頃を思い出させる。

「けど、お前の荷物、ぜんぜん運んできてないじゃねえか」

喜八が言うと、おもんに売り上げを渡した後、自宅へ寄って取ってくるという。

百助一家は今、築地《つきじ》で暮らしており、さほど遠くもない。

「俺のことは気にせず、先に夕餉《ゆうげ》を召し上がっていてください」

と言い置き、弥助は百助と共に店を出ていった。

「あっしら、暇でしたんで、二階を片付けさせていただきやした」

手柄顔の子分たちに言われて二階へ上がれば、朝方、適当に放り出しておいた荷物が整理され、掃除もしっかりされていた。

「お、ありがてえ。助かったよ」

何のことはない。独り立ちすると言いながら、自分は相も変わらず百助に弥助、子分たちの世話になっているなと、心の中で苦笑する。

「なあ、松つぁん」

喜八は　調理場を片付けている松次郎に声をかけた。松次郎が手を止めて顔を喜八へ向ける。

「こいつらに何か食わせてやってくれよ」

「へえ」

松次郎はそれだけ言って、すぐに支度に取りかかろうとする。

「若菜の粥は出せそうかい？」と訊くと、それにも「へえ」と返ってきた。

「あの若菜のお浸しは？　酒にも合うだろう」

「へえ。大丈夫です」

口数が少ないのはいつものことだ。後は松次郎に任せておけば安心できる。

酒が飲めるというので、子分たちは大喜びであった。

「若も一緒にいかがです」

と、言われたが、弥助が戻るのを待つと言うと、それ以上は誘われなかった。食べ終えたら帰るよう、子分たちに伝え、松次郎には明日もよろしくと言い置き、喜八は二階へ上がった。

弥助が戻ってくるまで少しくらい休んでも、罰は当たらないだろう。店の手伝いをしていた頃としていることは同じなのに、さすがに疲れた。

自分の店だと思えば、かつてとは比べものにならないほど細かなところ——茶碗の種類から暖簾の皺《しわ》までが気になったし、客の口から漏れる店への評価も気にかかった。

子分たちの目も気にかからぬわけではない。誰もが皆、父大八郎への恩を倅の自分に返そうとしてくれている。その気持ちが純粋なものであればあるほど、自分の器が父に及ばぬところを見せれば、がっかりされてしまうだろう。

(親父やあいつらが奪われたもんを取り戻してえ。それを、あいつらに返してやりてえ)

その「奪われたもの」とは何なのか、喜八はずっと考え続けてきた。

もちろん、父の命は取り戻せないし、かささぎ組の復興はおもんから厳しく戒められている。ならば、何を取り戻せばいいのだろう。あの気のいい男たちに、何をしてやれるのだろう。

かつてのように、肩で風を切って町を歩く男の誇りか。役人に睨まれず、地に足を付けて生きていく暮らしか。

（あの頃は……）

父がいた頃は、皆が笑っていた。本音を語り、本気で怒り、たまにぶつかり合い、そしてまた笑顔になる。そういうことを、父の周りにいた誰もが自然にしていたふうに思える。かささぎ組の連中だけではない。あの頃、父の周りにいた佐久間町の人々は、組の仲間もそうでない堅気の人も誰もが皆――。

――喜八坊。

顔を合わせる度に、頭を撫《な》でてそう言ってくれた人々の声が耳もとによみがえる。

――俺は親父さんのこと、心から尊敬しているんだぜ。

いつも誇らしげにそう言っていたのは、古着屋の若旦那、三郎太《さぶろうた》であった。

――喜八坊の親父さんは俺の恩人だからな。

親父は町の皆から慕われていた。かささぎ組がいてくれるから、他の旗本奴や町奴に脅えることなく安心して暮らせるのだと、佐久間町の人々は言っていたのだ。

（それなのに、どうして――）

よみがえる町の人の声に誘われるように、喜八は子供の頃のことを夢に見た。

五

父の大八郎が捕らわれたのは、九つの秋のことである。それまで喜八は神田佐久間町に暮らしていた。

南を神田川が流れ、町には古着屋が多く集まっていた。

母は物心ついた時にはもういなかったが、不思議と寂しい思いをしたことはない。父が子供心にも頼りになる「皆の親父」だったせいかもしれない。かささぎ組の連中にとってはもちろん、そうでない町の人にとっても、大八郎は「親父さん」であった。

とはいえ、聞き知ったところによれば、父も初めから町の皆に慕われていたわけではないらしい。伝法な言葉づかいでしゃべり、派手な格好をした町奴は、町民たちに悪さをするというのでないにせよ、遠巻きに恐れられていたそうだ。

だが、佐久間町ではそうした町の雰囲気を一変させる出来事があった。それが町の南東端に架けられた橋だ。通称「かささぎ橋」というその橋を架ける中心となったのが、大八郎であった。

架橋の工事が行われたのは喜八が生まれる前のこと。神田川にはいくつかの橋が架けられるようになっていたが、ちょうど佐久間町の区域にはなかった。近くの橋まで回るのも不便なので、ここに橋を架けさせてほしいと公儀に願い出ていたのだが、なかなか許しが出ない。

そうこうするうち、町の子供の一人が川へ落ちるという事件が起きた。たまたま数日前の大雨で、川は増水し、流れも速かった。少しでも発見が遅れれば、その子供は命を落としていたかもしれない。

見つけたのは、架橋の場所を考えながら川べりを歩いていた大八郎で、すぐさま川へ飛び込み、子供を助けた。子供は古着屋の倅で、三郎太といった。

このことだけでも、町民たちの大八郎への感謝は小さくなかったのだが、この一件を機に、大八郎は言い出した。

「もうこれ以上、お上の沙汰を待っていられねえ」

こういう時、権威に与《くみ》しない町奴は潔かった。お上の思惑を考えしり込みする人々に、

「俺たちが勝手にやったことにすりゃあいい。皆さんは止めようとしたが、聞く耳を持ってもらえなかったと言やあいいんですよ」

と、大八郎は答え、かささぎ組の連中を使って、橋造りを始めてしまった。工事には日雇いの人夫も雇ったが、その給金も大八郎が出した。町の人々はありがたいと思いつつも、お上の手前、手伝うこともできず、遠巻きに見ているしかなかった。だが、やがて、

「俺は大八郎さんを手伝うぜ」

と言い出したのが、大八郎に救われた三郎太の父親だった。店の仕事の合間に土木工事に加わるその懸命な姿に、やがて「俺もやろう」と言い出す者が増えていく。いつしか、町民たちの大勢が手伝うようになっていた。紅や黄や紫の派手な装いのかぶいた連中と、ほとんど紺一色に身を固めた慎ましい人々が、どちらも腕まくり、尻端折《しりはしょ》りして、土や石を運ぶ姿は圧巻であった。

事の次第はやがて公儀の役人の耳に入ったが、町の顔役が間に入って、工事の取りやめは免れられた。

「おたくらの気風《きっぷ》のよさにはほとほと感心してるんだぜ」

町民たちはかささぎ組の連中と腹を割って話すようになり、共に汗水流して働くうちに、両者の間の隔たりはなくなっていた。町奴たちはその派手な形《なり》も伝法なしゃべり方も何一つ変わってはいなかったが、もう町のはみ出し者ではなくなったのである。

大八郎はこれという町の役職に就いたわけでもなかったが、町の皆から尊敬されるようになっていた。

「かささぎって鳥は、天の川に橋を架けるんだってね」

ある時、この橋造りの発端となった少年、三郎太が寺子屋で習ったという話を皆に吹聴した。一年に一度だけ、天の川を渡って逢《あ》うことを許された牽牛《けんぎゅう》と織姫《おりひめ》の伝説――二人のため、橋を架ける白い鳥がかささぎなのだという。

「そうか。かささぎ組の皆さんが橋を造るのは、もう運命みたいなものだったんだな」

橋造りに携わった町の人々は大いに納得した。

「橋が出来上がったらさ、かささぎ橋って呼ぶのがいいよ」

思い付きで口にした三郎太の考えも、「そりゃあいい」と皆がこぞって賛成した。

「けど、それじゃあ、俺たちの功績だけが取り上げられるみたいで、申し訳ない」

大八郎はその話を辞退したのだが、

「いやいや、親父さんがいなけりゃ、この橋はいつまでも完成しなかったよ」

と、町役が説得した。最後は「皆さんがそこまでおっしゃるなら」ということで、橋の名はかささぎ橋と決まりかけていたのだが、いよいよ橋が出来上がった時、横槍《よこやり》が入った。

「この橋は『三倉橋《みくらばし》』といたす」

土木工事にまるで協力しなかった公儀の役人が、勝手に名前を決めてしまったのだ。確かに橋のたもとには町の倉が三つ建っていたのだが、この横槍には大八郎たちの功績をなかったことにしようという意図が感じられた。

「そんなことを言う権利がお役人さんたちにあるのかい?」

と、町民たちも怒りを募らせたのだが、どうすることもできない。せめてもの抵抗だというので、

「俺たちは、かささぎ橋って呼ぶことにしようぜ」

町民たちは誰からともなくそう言い出した。そして、この橋は公には「三倉橋」でも、町の人々からは「かささぎ橋」と呼ばれることになる。

喜八が物心ついた頃、「かささぎ橋」命名の少年三郎太は、もう立派な若旦那になっていた。喜八のことを「喜八坊」と呼び、かささぎ組の連中以外の町民の中では、誰より喜八をかわいがってくれた。

「喜八坊。お前も親父さんみたいに大きくなれよ」

大八郎は身の丈六尺（約百八十センチメートル）近い大男であったから、そのことだと思い、

「うん。いっぱい食べて大きくなるよ」

と、返したところ、三郎太は喜八の頭をぐりぐりと撫ぜた。

「うんうん。体も大きくなったらいいが、俺が言うのは人の器の大きさだよ」

「人の器って？」

三郎太はあははっと笑い、

「喜八坊にはまだ早かったかな。いいもんを見せてやるよ」

と、言った。そして、喜八をかささぎ橋のたもとに連れていき、橋が出来上がるまでの経緯《いきさつ》を語ってくれたのだった。

「この橋はな、親父さんの力で出来上がったんだ」

がっしりと組まれた石の土台、その上に架けられた木橋を誇らしげに見つめながら、三郎太は言った。橋を歩く人々の顔を午後の陽が照らし、皆、仕合せそうに見えた。

「世のため、町の人のためになることをしようっていう心意気が、皆を笑顔にするのさ」

それが、三郎太の言う「人の器の大きさ」のことかとぼんやり思ったが、その時の喜八にはっきりと理解できたわけではない。三郎太は再び喜八の頭を撫ぜると、にっこりと笑った。

「喜八坊にもいつか分かる。お前の親父さんは大した男だってことがさ」

三郎太の顔にも陽光が射し込み、その笑顔をいっそう明るく映し出していた。

六

大八郎に感謝と尊敬の念を抱くのは、三郎太ばかりではなかった。かささぎ組の連中のそれはもっと強烈であることが多い。

父が組を継ぐ前からその一員だった者との間には、長い時を共に過ごした絆があったはずだが、父によって何らかの恩を受け、組へ入った新入りの者たちにも、個別の強い絆が出来上がっていた。

料理人の松次郎はその一人だ。

松次郎がかささぎ組に入った経緯《いきさつ》は、寡黙な当人からではなく、他の者の口を通して聞いた。

「あいつは、ここへ来る前、牢屋に入ってたんですよ」

初めに聞かされた時は喜八も驚いたが、それを告げる子分の口調はあっけらかんとしたものだった。人殺しでつかまったそうだが、よく聞けば、他の者の罪を着せられたのだということ。

「あいつはもともと、ある旗本のお屋敷にお仕えしてたんです」

松次郎が勤めていた屋敷の次男坊がかぶき者で、中間や小者たちを集めて徒党を組み、町に出ては揉《も》めごとを起こしていたという。松次郎はこの次男坊に目をつけられ、徒党に加わるよう命じられた。

「ま、包丁が使えるなら、刀もいけるだろってくらいのいい加減な誘いだったらしいんですがね」

旗本の若さまに否やを言えるはずもなく、松次郎はその徒党に名を連ねることになった。しばらくして、その旗本奴と町奴の徒党が町中《まちなか》で喧嘩になり、人死にの出る事件が起きた。旗本の次男坊が町奴の一人を斬ったのだ。

武士が町民を斬ったのだから、無礼討ちとして届け出れば罪には問われない。しかし、旗本奴と町奴の闘争は、公儀が撲滅に力を入れている問題であった。町奴たちの言い分次第では、咎《とが》めが旗本家そのものにも及ぶ恐れがある。

旗本奴たちは頭の次男坊も含め、死んだ町奴に手をかけたのは松次郎だと言い張り、下手人は松次郎ということで一度は片がつきかけた。

「この時、松次郎を助けたのが親父さんなんですよ」

子分は誇らしげに告げた。

大八郎は関わった町奴たちから、丁寧に話を聞いたそうだ。たまたま喧嘩を見ていた町人を見つけ出し、その話も聞いた上で、松次郎には少なくとも人殺しの罪はないと断じた。

「そこで、とある役人のとこへ乗り込んでいって、事の次第を打ち明け、さらなるお調べを迫ったんでさ」

その役人というのが、先手組鉄砲組頭《さきてぐみてっぽうくみがしら》の中山直守だった。当時はまだ、盗賊追捕の役にも就いておらず、「鬼勘解由」の異名もついていなかったが、組与力や組同心を配下に持ち、江戸の治安を守るため厳しい取り締まりを行っていた。

「あきれたことに、取り調べに当たった役人連中へ、旗本家から金が渡っていたようなんだ。馬鹿な次男坊の恥をさらすなってわけでね」

しかし、中山直守にその手は通じなかった。徹底して真実を暴き出した結果、旗本の次男坊は謹慎を命ぜられ、父親の旗本も五十日の閉門処分を受けた。松次郎は牢屋から放たれたが、旗本屋敷の料理人を馘《くび》になった。

「そこを拾ったのが親父さんってわけでね」

以来、松次郎は大八郎に深い忠義を抱いているそうだ。

喜八と弥助がこの話を聞いて間もなく、中山直守が盗賊追捕の役に就く。これにより、多少の手心が加えられていた旗本奴、町奴への締め付けがいっそう厳しくなった。

貞享の大弾圧が起きたのは、それから三年後のことだ。

融通の利かない中山直守は、大八郎にも手心を加えなかった。かささぎ組の面々が憤ったり慌てたりしたのは当然だが、町民の中にも、激しい怒りを隠さぬ者たちはいた。

大八郎に命を助けられた古着屋の若旦那、三郎太もその一人であった。

「親父さんたちがつかまるとか、わけが分かりませんよ」

大八郎のもとへ駆けつけ、三郎太は大声で言った。

「町役さんたちを説き伏せて、お役人に掛け合ってきますよ。親父さんたちがどんだけこの町にとって大切なのかって伝えなきゃ」

かささぎ橋を造ってくれたことだけじゃない。佐久間町が他の旗本奴や町奴の組から守られていたのは、かささぎ組がいてくれたお蔭《かげ》だ。他の町より治安がいいってことは、佐久間町の自分たちが誰よりもよく分かっている。かささぎ組のことは佐久間町の自分たちが守るんだ――そう言い張る三郎太を「まあまあ」となだめたのは、大八郎だった。

「若旦那のお気持ちはありがたいが、真っ当な町民のあんたが俺たちを庇《かば》って、お役人に目を付けられちゃいけねえ。そんな真似《まね》はしちゃいけませんぜ」

「でも……」

「俺たちのことは俺たちでけじめをつける。若旦那が関わっちゃいけねえよ」

物言いこそ柔らかなものであったが、そこには反論を許さぬ気構えがあった。三郎太はぐっと言葉を呑み込んだが、それでもこれだけは言わねばと覚悟を決めた様子で、

「なら、せめて喜八坊のことは俺に預けてください。ほとぼりが冷めるまで、俺んとこでちゃんと面倒を見させてもらうからさ」

三郎太は必死に言った。

「お気持ちだけ受け取らせてもらうよ。けど、喜八は妹のところへやりますんで」

と、大八郎は答えた。

「そうか。木挽町に妹さんがいたんでしたっけ。それなら安心だ」

三郎太はほっと息を漏らした。

大八郎は、三郎太がその場を辞すると、控えていた子分たちに「お前たちは今から逃げろ」と静かに告げた。それから、派手な緋色《あけいろ》の着物を着こなした百助一人に目を据えると、

「お前は喜八をおもんのもとへ連れていき、その足で行方をくらませろ」

と、命じた。

「若のことはご心配なく。必ず木挽町の姐さんのところへお連れします。けど、あっしは

すぐに馳《は》せ戻って……」

百助の言葉は、ばしんと激しい音によって遮られ、百助は横へ吹っ飛んだ。鮮やかな紅色の突風が吹いたようであった。

大八郎はかっと目を剝いて、百助を睨んでいた。

「俺の言いつけに逆らうたあ、てめえ、いつからそんなに偉くなった」

大八郎の激烈な怒りに皆が息を呑んだ中、口を開いた男がもう一人いた。松次郎である。

「親父さん、あっしらを逃がして、一人でつかまるつもりですね」

いつもの控えめな男はどこへやら、

「あっしもここに残らせてください」

と、松次郎は落ち着いた声で告げた。

喜八は息を詰めた。百助にしたように、父が松次郎をも殴り倒すのではないか。が、

「松」と呼びかけた大八郎の声は低く落ち着いたものであった。

「へえ」

松次郎が頭を垂れて返事をする。

「懐に入れてる手を出せ」

大八郎が静かに命じた。松次郎が手を動かすと、

「懐で握り締めてるものも一緒にだ」

と、大八郎の声が飛ぶ。松次郎はぶるっと身を震わせ、懐から右手を出した。その手にきつく握り締められているのは包丁の柄。刃のところは何重にも布で巻き付けられていた。

「包丁に人の血を吸わせようってのか」

「お気に召さないのなら、長脇差《ながわきざし》に替えますが」

「好きにすりゃいい。が、お前はこの俺の命令に背くってことでいいんだな」

包丁の柄を握り続けている松次郎の手は小刻みに震え出した。

「なら、けじめをつけろ」

「けじめとは……？」

松次郎は空いている左手で、柄を握る右手を押さえ、無理に震えを止めようとしながら訊いた。

「その包丁で、役人を斬る前に俺を斬るんだ」

大八郎が無茶を口にする真の狙いは、誰もが分かっている。すべての者を助けるため、自分一人が役人の乗り込んでくる家に残ろうというのだ。

「この包丁は持っていけ」

大八郎は松次郎の手に、自分の手を添えて告げた。不思議なことに、松次郎の手の震えはぴたりと収まった。

大八郎は包丁ごと松次郎の手を懐の中へ戻すと、

「また、喜八にうまい飯を作ってやってくれ」

と、温かな声で言った。

「……へえ」

万感の思いをこめた返事に続き、血を吐くような嗚咽《おえつ》が短く漏れた。だが、松次郎は強い自制の力でそれを止め、身を起こすと、それ以上は何も言わずに下がっていった。

他の子分たちも去っていき、喜八と百助、それに百助の倅である弥助の四人が残った。

「喜八」

その時、初めて大八郎の目が喜八に注がれた。

「俺はこれまでしてきたことにけじめをつける。お前はお前の真《まこと》を貫き、いずれ自分でけじめをつけろ」

これが、永久《とこしえ》の別れかもしれないという予感は、父の物言いから感じ取れた。何か言わねばと思うが、うまく考えがまとまらない。

すると、父の手が肩にかけられた。はっと父の目をのぞき込むと、その目は力強く、そして温かく自分に向けられていた。いつの間にか、内心の焦りや揺らぎが収まっている。それでいいというように、父が一度深々とうなずいた。

その時、喜八は父が黒地の着物を着ていることに初めて気づいた。父は、若い連中のように派手な色を身に着けることはなかったが、よく目立つ片身替わりの着物を好んで着ていた。黒と銀、濃紺と薄墨など、左右色違いの小袖を纏《まと》った父の姿は堂々としていて、子供心にも誇らしかったものである。

そんな父が黒地の着物を身に着けるのは、正月と、かささぎにちなんだ七夕を一家の皆で祝う宴《うたげ》の席の時だけだった。背面には銀糸でかささぎの飛翔姿が大きく刺繍《ししゅう》されている。それを最後に見られなかったことは、喜八の心残りとなった。

百助に連れられ喜八が部屋を出ていく時も、晴れの装いに身を包んだ大八郎は堂々と揺るぎのない姿で、その場に端座していた。

喜八は弥助と一緒におもんのもとへ預けられた。その後、百助は大八郎の命令に従い、いったん行方をくらませた。

一人残った大八郎は踏み込んだ役人たちによって捕らわれの身となり、その後、町奴の組頭として牢屋で死んだという。一方、かささぎ橋は変わることなく佐久間町の人々の役に立っていると、しばらくしてから、喜八は木挽町で聞いた。

茶屋かささぎを出ていった弥助が手荷物を運んで戻ってきた時には、すでに半刻(約一時間)ほどが過ぎていた。喜八を除き、残っていたのは洗い物をしていた松次郎だけであった。

「あにさんたちはもうお帰りに？」

「ああ」

松次郎は短く答えた。

「粥と煮物を温め直しますんで、若とどうぞ」

愛想のない淡々とした調子で言われたが、松次郎はそういう男だと弥助も承知している。

「若はまだ食べていないんですか」

少し驚いて弥助は言った。

「声はかけたんですがね。お疲れのようで」

松次郎は二階を見上げて告げた。察した弥助はうなずき、

「後は俺がやりますんで。また、明日もよろしくお願いします」

と、松次郎に頭を下げた。松次郎は無言でうなずき、帰り支度をする。

松次郎を送り出してから、弥助は手燭《てしょく》の明かりを頼りに二階へ上がった。

暗い部屋の中で、黒の小袖を着た喜八が横になっている。枕が宛《あ》てがわれ、布団が掛けられているのは、松次郎か他の子分の手によるもののようだ。

弥助は喜八の枕もとに座り、手燭を下に置いた。

「若、今日はお疲れさんでした。余計な気苦労までさせちまって」

弥助は小声で言った。

「しっかりしねえかって、親父からどやされましたよ。死ぬ気で若をお守りするのがお前

の務めだろって」

聞こえてくるのは静かな寝息ばかりである。

「若菜の粥、俺たちの分もあるそうなんで、ご一緒に。いつまでもお待ちしてますんで」

そうささやくと弥助はうつむき、しばらくの間、規則正しい喜八の寝息を聞き続けていた。

第二幕　二代目鬼勘

一

山村座の舞台初日から、三日目。

「今日は寄ってくれてありがとうな、おしんさんに梢さん」

喜八は初日に逃げられてしまった二人の女客の相手をしていた。あの時、うっかり忘れていた客の名前は、弥助から教えてもらい、頭に入っている。

「山村座の芝居は観《み》たんだろ。どうだった？」

喜八が尋ねると、おしんと梢は待っていたとばかりにしゃべり出した。

「面白かったわ、『太刀素破《たちすっぱ》』。狂言がもとになっているから、筋がしっかりしてるのよね」

「長光《ながみつ》の太刀を盗まれる話が正月にふさわしくないって言う人もいるけれど、それこそくだらないわ。だって、あの筋の肝は、お代官さまが本当の犯人を追い詰めていくところにあるんだもの」

素破は忍びの者を指すこともあるが、この芝居では盗人のことで、どうやら「太刀素破」の出来栄えは二人にとって満足のいくものだったようだ。そのうち、滑らかにさえずっていたおしんの口から「でも……」という言葉が漏れた。

「『太刀素破』は女形《おやま》がほとんど出てこなくって、そこが残念なのよね」

「この子は藤堂鈴之助を贔屓《ひいき》にしているから」

梢がおしんに目を向けながら言った。二人は以前からよく来る客だから、この店の女将《おかみ》であるおもんが鈴之助の連れ合いであることも知っている。

「『太刀素破』には出ていないけど、鈴之助の一人舞はすばらしかったわ」

梢が喜八に言うと、「そうなのよ」とおしんが熱心な口ぶりで、鈴之助の踊りのすばらしさを力説し始めた。

芝居小屋では舞踊だけを見せる舞台もあり、これは「かぶき踊り」の流れを汲《く》むものだ。若い娘に扮《ふん》した藤堂鈴之助が華やかな衣装で舞う踊りも見応えがあると、評判になっているという。

「鈴之助の踊りはとにかく所作が美しくって。こうやって流し目を使うところなんか、あたし、溜息《ためいき》が出ちゃったわ」

おしんが身振り手振りまで入れながら説明してくれるのを、ひとしきり聞いた後、

「二人とも、今日は別の芝居小屋へ行くのかい？」

喜八が尋ねると、二人は首を横に振った。

「森田《もりた》座のお芝居も観るつもりだけれど、それは明日」

「それじゃあ、今日はなぜ木挽町へ？」

「それは、喜八さんのかささぎに寄るためよねえ」

と、梢とおしんは申し合わせたように、喜八の顔をうっとりと見つめながら言う。

「そりゃあ、ありがたいな」

喜八は客向けの愛想笑いを向けた。

「初日は、子《ね》の日に合わせて若菜の粥《かゆ》を出してたんだけど、食べてもらえなくて残念だったよ」

喜八が落胆して見せると、梢は「ごめんなさい」とすまなそうに首をすくめた。

「あの日はお店も混んでいたみたいだから」

「今日は……その、いないみたいね。ええと、役者さんたち？　盗賊か悪党でも演じていそうな……」

おしんが店の中を見回しながら、声を潜める。なるほど、子分たちは悪役を演じる役者

と誤解されたようだ。そういうことにしておけば、これから先、彼らも堂々と店に出入りできるだろう。いや、役者と言い切ってしまうより、役者を志す者くらいにしておこうか。すばやく頭の中で考えをまとめた喜八は、「そうそう。あの人たちは役者を目指してるそうなんだよ」と軽い調子で受けた。

「ま、おっしゃる通り、盗賊か悪党の役しかできなそうだけど、そういう役どころもけっこうあるんだろ」

喜八の言葉に、おしんは安心した様子で表情を明るくした。

「あるわよ。今度の山村座のお芝居だって、太刀を盗む小悪人が出てくるし。そういう役どころは必ずあるわ。いつか日の目を見る日が来るわよ」

と、子分たちの話題で盛り上がった後、喜八は話を戻した。

「で、今日は何にする？　若菜の粥はあの日限りなんだ。代わりにお茶漬けなら出せるけど、どうかな」

しかし、二人とも昼餉《ひるげ》は自宅で済ませてきたという。

「軽く食べられるお菓子みたいなものはあるかしら」

これまでは、団子や餅菓子《もちがし》を余所《よそ》から仕入れて出していたのだが、あまり売れ行きがよくなかったので、今年からは取りやめている。だから、甘味といえば、汁粉《しるこ》くらいになるのだが、おしんと梢はもっと軽めのものがいいと言う。その時、

「おこし米なら作ってもらえるかもしれませんよ」

と、弥助が後ろから耳打ちしてきた。

「あ、それなら食べたいわ」

と、二人が乗り気になったので、弥助が訊《き》いてくると言って奥へ消えた。戻ってくると、

「少し時がかかってもよければ、お作りできますよ」と笑顔で告げる。二人の娘たちがお茶と一緒に頼むというので、

「毎度、ありがとうございます」

と、注文を取ったのを機に、喜八は奥へ下がった。手を動かしている松次郎に、

「急で悪いな、松つぁん」

と謝ると、「いえ」という短い返事と共に、出来上がった酢の物の小鉢が差し出された。

酢の物はどの客の注文だったかな、と記憶を探るまでもなく、

「『ろ』のお客さんですね」

と、すぐに耳もとで声がする。いつの間にやら弥助が横にいた。

店の席は端から順に、「いろはに」と呼び名をつけており、「ろ」に座っているのは、隠居風の男客二人連れであった。

「俺が運びますよ」

弥助はすかさず酢の物の小鉢を受け取ると、「若は今入ってきた二人の注文を取ってく

ださい」と小声でささやく。入り口の方に目をやると、若い娘と付き添いの少女と見える二人組がいた。

若い女客をなるべく喜八に回そうとするのは、そうすればその客を再び店に呼べると算段しているからだ。

(別にかまわねえが、そこまで徹底するかね)

半ばあきれながら、喜八は新しい客のもとへ向かった。女の顔に見覚えはない。

「いらっしゃい。こちらは初めてですか」

「……ええ」

と、うなずいた娘の目は、じっと喜八の顔に向けられていた。

「うちはついこの前、装いを新たにしましてね。品数も増えましたんで、どれでもお好きな品を試してください」

喜八が説明している間、娘はまぶしそうに細めた目を喜八の顔から離さない。木の札に掲げられた品書きに目を向ける気配もなかった。

「お客さん?」

娘の目の前で手をひらひらさせてみせると、ようやく相手は我に返った。

「え? あ、ああ。何でしたっけ」

などと言いながら、目をぱちぱちさせている。

「え、ええ。それでいいわ。お前の分もね」

「お嬢さん、注文ですよ」

と、付き添いの少女が小声で促し、「お茶でいいですか」と問うた。

「え、ええ。それでいいわ。お前の分もね」

女の返事を受け、少女が遠慮がちに「お茶を二つお願いします」と喜八に告げた。

「へえ、ありがとうございます」

少女に微笑《ほほえ》みかけ、喜八は奥へ下がった。しばらくすると、弥助が戻ってきて、「すみませんね、若。ちょっと妙な客だったみたいで」と喜八に謝ってきた。

「いや、妙って言うほどじゃねえけど」

「どうも何か面倒な感じがします。あのお客には俺が運びますんで」

と、弥助は言った。

「お、おう」

松次郎は周りでどんな会話が交わされようがどこ吹く風で、その間にもおこしは出来上がっていくようだ。

水飴《みずあめ》と砂糖を煮詰めたところに、炒った米を入れ、よく混ざり合うように煉《ね》っていく。それをまな板の上に上げてから板状になるまで伸ばした後、間を置かずに包丁を入れる。おこしといえば、喜八はわりと厚みのあるものを思い浮かべていたが、今日は冷やして固める暇がないせいか、煎餅状《せんべいじょう》のものにするらしい。

松次郎の手さばきに思わず見とれているうち、小さな長方形に切られた薄型のおこしがあっという間に、皿に盛りつけられた。

「できやした」

「おう」

と、喜八は受け取り、梢とおしんのもとへと運ぶ。二人はおしゃべりに興じていたようだが、喜八が来るのを待ちかねていたという様子で、

「ちょっと、喜八さん」

と、袖を引いた。

「変なお客にからまれていたみたいだけど、大丈夫？」

「あの子、見かけないわよね。初めてのお客でしょ」

「そ、そうだな」

喜八は女客の方を見ないように背を向けていたが、

「いやね。喜八さんの方、今もじっと見ているわ」

おしんが憎らしげな口調で教えてくれた。

「まあ、それはいいからさ。おこし、せっかくだから食べてみてよ。出来立てで熱いから気をつけて」

喜八が勧めると、ようやく梢とおしんの興味は皿の菓子へと向かった。おこしを口へ運

んだ二人は「あったかいのもおいしいわ」と満足そうな笑顔になる。

「じゃあ、ごゆっくり」

と、喜八は娘たちの席を離れた。店の中を見回し、特に用事がなさそうなのを確かめて、奥へ戻ろうとした時、

「……盗人がね」

という声がした。山村座の芝居の話かと目をやれば、「ろ」の席の男客たちである。酢の物の小鉢が半分ほど減っているのを目に留め、喜八は奥へ下がった。

それからややあって、弥助が空の小鉢を下げて戻ってきた。

「大根と蕪《かぶ》の酢の物が、とても美味《うま》かったとお客さんが喜んでいました」

と、松次郎に告げる。それから喜八に目を移すと、「『ろ』のお客さんから聞いたんですが」と弥助は話し始めた。

「新年早々、盗人に入られた店があるそうですよ」

してみると、「盗人」と聞こえたのは、芝居の「太刀素破」のことではなかったようだ。

「へえ。その盗人にしてやられた不用心な店は、どこの何屋なんだ」

喜八が訊き返すと、弥助は「日本橋の質屋で、伊勢屋《いせや》というそうです」と答えた。賊はまだつかまっていないそうで、

「そりゃあ、あの鬼勘が新年早々、躍起になりそうな話だなあ」

と、喜八は言った。

「忙しくなりゃ、奴もこっちへ足を運ぶ暇もなくなるかね」

気軽に言い添えた時、弥助は喜八を見ていなかった。弥助が目を向けていたのは料理を扱う松次郎の手もとである。

豆腐を盛りつけようとしているのだが、その手がおかしなくらい震えていた。

「どうした、松つぁん」

思わず喜八が声をかけると、松次郎はびくっとし、その拍子に四角く角の尖《とが》った豆腐は皿に落ちた。角が崩れてしまっている。

「こりゃあ、お客さんには出せませんな」

すいやせん——と、松次郎は低い声で詫《わ》びた。

「そんなことはいいが……」

喜八はまじまじと松次郎の顔を見つめながら言う。

「松つぁん、大事ないのか。顔色が悪いようだけど」

「……いつもと同じですよ」

松次郎は喜八の眼差《まなざ》しから逃れるように、手もとに目を戻して言う。その声は落ち着いていたし、再び黙々と作業にかかる様子は確かにいつもと変わりない。

何か引っかかるような気はしたが、その後の松次郎に変わった様子はなかった。崩れた豆腐は喜八たちの夕餉の膳に出してもらい、夜の床に就く頃には、喜八がその出来事を思い出すこともなくなっていた。

二

ところが、その翌日、松次郎は朝五つ（午前八時頃）になっても、店へやって来なかった。いつもなら六つ半（午前七時頃）にはやって来て、まず喜八と弥助の朝飯を用意するところである。

「妙ですね。松のあにさんはこの二年、休んだことも遅れてきたこともなかったのに」

弥助が首をかしげた。生真面目《きまじめ》な松次郎が断りもなく遅れるとは、何か不慮の出来事でもあったのかと不安がよぎる。いや、思い返せば、昨日は様子が少し変だった。そのことを喜八が口にすると、

「そうですね。確か、お客さんから聞いた話をしていた時だったでしょうか」

と、弥助が応じた。

「ああ。質屋に入ったとかいう賊の話だったな」

だが、それよりも今考えねばならないのは、松次郎なくして店を開けられるか、ということであった。

「店は開けましょう」

弥助は動じることなく言った。

「再開してすぐに休んでたのでは、お客さんの信用をなくしますから」

「俺とお前で、お茶だけ出してごまかそうってのか」

喜八が問うと、「それはともかく」と弥助は話をそらした。

「まずは、飯を炊きましょう。飯を食わなきゃ始まらないですから」

「おお。そうだな」

と、応じたものの、「はて」と喜八は首をかしげた。茶屋の二階で暮らし始めてからずっと、喜八と弥助の賄いはすべて松次郎が用意してくれていた。

「お前、飯は炊けるのか」

弥助をまじまじと見つめながら訊くと、「そのくらいは」という返事である。松次郎のしていたことを弥助ができるのか、とやや意外な気がしたが、調理場で米を量って鍋に入れ始めた手先を見ていると、なかなか慣れているように見受けられた。

喜八自身はこの手のことはいっさいできない。鈴之助とおもんの家では、飯炊きの女中から「男が台所へ出入りするもんじゃない」と言われてきたからだ。それだけに、茶屋を手伝うようになって松次郎の仕事ぶりを目にした時には、その見事な手さばきに感心したものである。

（飯さえあれば、握り飯やら茶漬けが出せるから、何とか格好もつくだろう）

喜八はひとまず安心し、客用の台と椅子を水拭きしながら待つことにしたが、それを終えてもまだ間を持て余す。暇になると、いったん考えの外に押しやっていた松次郎のことが心配になり始めた。

松次郎はかささぎ組の連中の中で、百助と弥助父子を除き、最も喜八に馴染《なじ》みのある者であった。それでいて、口数が少ないものだから、多くを語り合った記憶がない。

（考えてみりゃ、俺は松つぁんのことをあんまり知らねえんだよなあ）

かささぎ組へ来る前のことも、他の子分から話を聞いて知っているだけだ。今、長屋に一人で暮らしていることは、おもんから聞かされていたが、付き合いのある身内がいるのかどうかすら知らなかった。

そんな松次郎だが、喜八は二度ばかり、松次郎がすらすらとしゃべるのを聞いたことがある。一度は、父大八郎との別れ際で、もう一度は――。

（叔母《おば》さんが茶屋を持つことになって、その下準備をしていた頃だったな）

喜八は二年前に思いを馳《は》せた。

当時、店開きを前にして、喜八はおもんから、他の茶屋へ足を運び、様子を見学してくるようにと言いつかった。木挽町は無論、堺町《さかいちょう》へも足を運び、小茶屋ばかりでなく大茶屋へも入って、店の内装から料理の品目や味、出入りする客の様子などを見て回ったものである。その際、弥助が供をしてくれることが多かったが、時には松次郎のこともあった。

松次郎と一緒に入ったのは、堺町の大茶屋であった。

「すげえもんだな」

出入りしている客は、武家や大店《おおだな》の主人一家など金持ちばかりだ。そういう者たちが贔屓の役者を連れてくることが多い店だという。

茶屋の二階は芝居小屋の桟敷席《さじきせき》につながっており、幕間《まくあい》に行き来することもできる。出される料理も手の込んだもので、それを盛る器も高そうなものであった。特に漆塗りの器に入った吸い物は格別だった。

ふきのとうと独活《うど》とわかめが上品に収まった澄まし汁は、箸を入れても濁ることはない。ふきのとうの柔らかな歯ごたえと適度な苦み、穂先だけを使った独活のほろ苦さが、すっきりした汁の味と絶妙に合っていた。ふきのとうも独活も嚙《か》めば嚙むほど、春の味わいが広がっていく。

松次郎は吸い物を口に運び、少し目を閉じて、何度かうなずいていた。それを見ながら、

「松次郎さんはやっぱり、こういう大茶屋で働いてみたいか」

と、喜八は尋ねてみた。もともと旗本屋敷で働いていたのだから、当時はさまざまな食材を使って、上等な料理を作っていたのだろう。だから、大茶屋の方が持ち味を生かせる

のかなと考えたのだが、どちらにしても寡黙な松次郎のこと、返事は「へえ」か「いえ」のどちらかだろうと思われた。

ところが、この時は予想が外れた。

「親父さんは昔、姐《あね》さんのために木挽町の大茶屋を買い取ってやろうとしてたんですぜ」

「え……」

初めて聞く話に、喜八は絶句した。

訥々《とつとつ》とした口ぶりで、松次郎が語ってくれた話によれば、お縄になる少し前、大八郎は役者の女房になった妹のため、芝居小屋の隣の大茶屋「巴屋《ともえや》」を買い取ろうとしていたらしい。おもんをそこの女将とするつもりで話も進んでいたという。

「親父さんはあっしに、そこの料理人をやれとおっしゃっていて」

松次郎は事前にその話を聞かされていたそうだ。松次郎に否やはなく、売主との間で値段の折り合いもつきかけていたところへ、あの貞享《じょうきょう》の大弾圧となった。

その結果、巴屋買い取りの話は流れてしまったのだが、

「それじゃあ、叔母さんが芝居茶屋を始めるのは、その時のことがあったからなのか」

と、喜八は考えをめぐらした。

「はて。姐さんからは何も聞いてませんが」

「親父はどうして、叔母さんに大茶屋を買ってあげようとしたんだろ」

さらに浮かんだ疑問を喜八が口にすると、

「姐さんが芝居小屋の人たちとうまくやっていけるようにっておつもりだったんじゃありませんかね」

と、松次郎は応じた。思い返せば、喜八が引き取られたばかりの頃、おもんと芝居小屋の人々の間にはどことなく隔たりがあった。おもんも芝居小屋へ出向くのを控えていたようだし、鈴之助夫婦の家へ来た役者たちの方も遠慮がちに見えた。

その原因はやはり、おもんの出自にあったのだろう。両者のわだかまりを取り払うには、互いに馴染み合える場所があればいい。芝居茶屋を営むのはおもんの気質に合っていたし、役者たちも茶屋になら自然と足を運ぶことができる。

（親父は叔母さんにそういう居場所を作ってやりたかったんじゃないのか）

佐久間町の町民たちとかささぎ組の連中が馴染み合えたのも、橋造りという場を通してのことだった。仕事を通して馴染み合える場所があれば、人と人とのつながりが生まれやすい。

だが、そうした父の思惑はその死によって潰《つい》えてしまった。

一方、おもんと役者たちのわだかまりの方は、数年の時を経て、鈴之助の活躍と功績によりほとんど消え去っていた。だから、この時、おもんが改めて小茶屋を買い取った理由は、本人の言う通り「鈴之助と役者たちを労《ねぎら》う場所を設けるため」だけなのかもしれない。

だが、亡き父がこの件に関わっていたと知った時、喜八にとって芝居茶屋とはそれだけのものではなくなっていた。

父が大茶屋を買い取ろうとしていたから、自分が代わりにその夢を叶《かな》えるのだ、と思ったわけではない。だが、持ち主を替えて、今も山村座の隣にある大茶屋「巴屋」は、喜八にとって特別な大茶屋となった。そして、

「もし俺が大茶屋を買い取ったら、松次郎さんはそこの料理人になってくれるか」

気づいた時にはそう言っていた。松次郎は眉一つ動かすことなく、ただ「へえ」と答えた。

橋造りが町民と町奴たちをつないだように、大茶屋の商いが町民と元町奴たちをつないでくれるかどうかは分からない。佐久間町でできたことが、木挽町でできるのかどうかも分からない。

それでも、俺は――。

――喜八坊。お前も親父さんみたいに大きくなれよ。

三郎太が願ってくれたようになりたい。こうして父の昔話を聞かせてくれた松次郎も、同じような期待を自分に懸けてくれているように思える。

この木挽町で皆に認めてもらうためには、まずはおもんの小茶屋でしっかり働くことだ。いつか大茶屋を自分のものにできれば、町の人のためにできることも増えるだろう。親父

が佐久間町の人のためにしていたように――。その上で、かささぎ組の子分たちが失ったものを取り戻せる道を探っていく。

「なあ、これから松つぁんって呼んでもいいか」

喜八が尋ねると、この時も松次郎は「へえ」とだけ答えた。

それ以後、喜八と松次郎の間で、大茶屋に関する話が交わされたことはない。それでも、松次郎は自分の思いを分かってくれているのだと、喜八はずっと信じ続けてきた。


「若」

弥助から耳もとで声をかけられ、喜八ははっと顔を上げた。

「あっちに、飯の支度ができてます」

いつの間にやら、ずいぶんと時が経《た》っていたらしい。「そうか」と応じて、調理場の脇の小部屋に行くと、座卓にほかほかの飯といくつかのお菜の皿が載っていた。見れば、〈玉子ふわふわ〉と呼ばれる玉子料理に、油揚げ、冬菜のお浸しに白菜の漬物、それにわかめの味噌汁《みそしる》と、いつも松次郎が出してくれるのに遜色《そんしょく》ない朝餉《あさげ》がそろっている。

「お前、こんな料理、作れたのか」

喜八は目を瞠《みは》って、弥助を見た。

「料理ったって、まともなのは〈玉子ふわふわ〉くらいですけど」

「いやいや、それが作れりゃ大したもんだろ」

喜八も好きな料理の一つだが、溶き卵に出汁《だし》を加えてふわっと固めたものである。味付けといい、柔らかな食感といい、松次郎の作る〈玉子ふわふわ〉は絶品だった。

「松のあにさんが作ってるのを見て真似《まね》たんですが、うまくできたかどうか」

「見た目は十分だけどなあ」

取りあえず味見させてもらおうと、喜八は手を合わせた。箸を入れ、一口大にした熱々の玉子を口に運ぶ。一口嚙むと、出汁の旨味が口いっぱいに広がった。

炊き立ての飯はほかほかで、このお菜があればいくらでも食べられそうだ。

「うん、これはいける」

箸を休めずに言うと、

「若が喜んでくださって何よりです」

と、弥助は笑顔を浮かべた。

玉子料理以外のお菜もぺろりと平らげ、喜八は満ち足りた気分で、飯を二杯食べ終えた。

「松のあにさんのようにはいきませんが、このくらいなら俺でも何とかなりますんで」

と言う弥助を頼もしく思いながらも、松次郎からの知らせがないのは気がかりである。

弥助は朝餉の片付けをしつつ、自分が作れる料理を選び、食材の量を算出し、路地を回ってくる振り売りから足りないものを買い足すなど、準備に余念がない。そのうち、

「若っ」

青菜の振り売りから、食材を買い足したという弥助が血相を変えて戻ってきた。

「いつも松のあにさんが買い物をしてた振り売りの親父さんが、木挽町へ入る木戸のとこで、あにさんから渡されたって」

と、弥助が差し出したのは、折り畳まれた紙である。

「何だって」

急いで紙を開くと、

『お役、お断りいたしたく。勝手をお詫び申し上げ候《そうろう》。松次郎』

と、書かれている。

「松つぁん、うちを辞めるっていうのか」

いったい、何があったというのか。これまで二年、おもんのもとで、一緒に店をやってきた。そしてようやく、喜八が店を任されるまでになり、新たな気持ちでやっていこうとしていた矢先ではないか。

自分と同じように、松次郎も張り切っているのだと思っていた。いつかは大茶屋を持ち、町の人の役に立ち、親父のようになりたいというひそかな願いも、分かってくれていると思い込んでいた。

（けど、それは、俺の独りよがりだったたっていうのか）

気がつくと、弥助の掌《てのひら》が背中に置かれていた。

「何か理由《わけ》があるはずです」

弥助はいつもの冷静な声で告げた。それを聞くと、喜八も落ち着きを取り戻し、

「もう大丈夫だ」

と、静かに言うことができた。

「取りあえず、今日は店を開けるということでいいですね」

弥助の問いかけに、喜八は「よろしく頼む」とうなずいた。

松次郎は何らかの面倒を抱えているのだろうが、自分には打ち明けてくれなかった。父の大八郎にならば、すべてを打ち明け、助けを求めたのではないか。そう思うと切ないが、今の自分が父に及ばないのは百も承知だ。

「よし、まずは今日一日、しっかりやろう」

気を取り直した喜八の声にうなずき、弥助が戸を開ける。喜八は店前《たなさき》を掃除して客席を整え、弥助は調理場での下拵《したごしら》えに取りかかった。五つ半（午前九時頃）にはいつものように暖簾《のれん》を掲げ、喜八は店前で客の呼び込みを始める。

「さあさ、茶屋かささぎの店開きだよ。お芝居の前に寄ってってってくださいな」

大茶屋の方へ向かう大旦那ふうの人、急ぎ足の奉公人、喜八の呼び声の合間を縫って声を放つ水売りや酒売り、暦売りなどもいる。そのうち、ゆっくりと足を運んできた隠居風

の男が、喜八の前で足を止めてくれた。

「ちょっと寄らせてもらおうかね」

「へえ、いらっしゃいませ」

喜八は今日最初の客を迎え入れつつ、いつも以上に大きな声を張り上げた。

三

弥助はなかなか手際よく調理場をこなした。たまに、昨日のおこしのように、木札にない品を注文する客がいるが、それはともかく、木札にある注文にはすべて応じている。

喜八も一人で客の対応をこなした。客の多い時にはさすがに目が回りそうだったが、慣れてくれれば、何とかなるものだ。心に少し余裕が生まれると、

（松つぁんの身に何があったのか）

と、どうしてもそのことが気になってくる。心当たりといって思い浮かぶのは、先ほど弥助と話したように、昨日聞いた質屋泥棒の話くらいであった。

（そのあたり、ちょいとお客さんに探りを入れてみるか）

取りあえず、挨拶代わりに話を持ちかけてみると、たいていの客は「ああ、その話ね。知ってるよ」と応じた。早くも、噂《うわさ》の種になっているらしい。が、伊勢屋が盗みに入られ

たことと、賊はまだつかまっていないということ以外に、くわしく知る者はいなかった。

そうするうち、若い女が奉公人と見える少女を連れて、店へ入ってきた。

「いらっしゃい」

と、活《い》きのいい挨拶をした直後、内心で「あ」と声を上げる。昨日、じっと喜八の顔を見つめてきた妙な女客ではないか。

昨日と同じ席へ座った二人のもとへ向かいながら、そういえば名も聞いていなかったと思い出した。

初めての客にはなるべく名を尋ねるようにと、叔母のおもんから言われている。人によっては、馴《な》れ馴れしいと思われかねないところだが、

――あんたの場合は平気だよ。

と、おもんは言った。

――その顔のお蔭《かげ》でさ。老若男女を問わず、あんたから名を訊かれて嫌がるのはよほどの偏屈者だよ。だから、どんどん尋ねておやり。

そうすれば、客は特別扱いされたと喜んで、また足を運んでくれる。特に若い女客には効果がてきめんだと言われたが、確かにおおむね、おもんの言う通りであった。

さて、この変わり者の女客にはどうしようか。少し迷いながら女客の席の横に立つ。

その瞬間、おやと思った。昨日と少し印象が異なる。今日は喜八の顔をじっと見つめて

くることはなく、付き添いの少女が木札を読み上げるのを静かに聞いているだけだ。注文に迷っているようだったので、喜八は声をかけた。

「昨日も来てくださったお客さんですよね」

すると、女客は顔を上げた。昨日同様、両目はまぶしそうに細められ、はにかむように微笑んでいる。

「今日も来てくれて嬉《うれ》しいです。俺は喜八。昨日いたもう一人の奴は弥助といって、今日は奥の調理場にいるんだ。お嬢さん方はどちらから？」

先に喜八から名乗ると、女客もまた素性を明かした。

「堺町から。あたしはあさで、この子はくめといいます」

「堺町といったら、この木挽町と同じく芝居小屋が集まってるとこだよね」

「ええ。だから、この町のふぜいは好き」

しゃべり方もごくふつうで、おかしなところはない。

「あのう、昨日、おこしを頼んでいるお客さんがいましたけれど、木札にはないんですね」

おあさは続けて訊いた。

「ああ。あれは、特別に拵えたものだから」

「あたしたちも頼めるのかしら」

おあさもおくめも期待のこもった目を向ける。確か、昨日松次郎の作ってくれたおこしがまだ残っているはずだ。そもそも、おこしは冷えてから食べるのがふつうだから、それで問題ないだろう。

「ちょっと奥で確かめてくるよ」

と断って、喜八は調理場へ下がった。

玉子ふわふわを作っていた弥助に問うと、食器棚に入っているはずだと言う。見れば、二人分くらいの量はあったので、喜八は茶と一緒に持ち運んだ。

「はい、お二人さん。お待ち遠さま」

「ありがとう」

おあさもおくめも嬉しそうな笑顔を見せた。さっそくおこしを口に運び、「香ばしくって、とてもおいしいわ」と言い合う二人に付き添いながら、

「ところで、おあささんにおくめちゃん。昨日、お客さんから聞いたんだけどさ」

と、喜八は伊勢屋に入った泥棒の話を持ちかけてみた。

「その話なら、あたし、よく知ってるわ」

と、おあさは手にした湯飲み茶碗を置いて言う。「そうなのか」とつい前のめりになってしまった喜八に、おあさが目を丸くする。「あ、ごめん」と急いで謝ると、

「かまわないわ。あたしも昨日はやらかしちゃったし」

と、おあさは首をすくめてみせた。

「やらかしたって、何を？」

訊き返すと、「ううん、何でもないの」とごまかすように言う。

「それより、ほら、伊勢屋さんの事件の何を知りたいの」

「いや、質屋さんが盗みに入られたって聞いたから、いったいどんな立派なものを持ってかれたのかなってさ」

と答えた喜八に軽くうなずき、おあさは語り出した。

「盗まれたのは質草じゃなくて、百両ですって。何か物音がするというんで、手代《てだい》さんが見に行った時にはもうお金は盗《と》られていて、賊は逃げ出した後だったの。幸い、伊勢屋さんのご主人とおかみさん、奉公人は皆、無事だったそうよ」

おあさはそこで一度茶をすすってから、再び口を開いた。

「でもね、伊勢屋さんでは、特にお金の動く年替わりの頃は狙われやすいからって、用心棒も雇っていらしたの。だけど、今年に入ってから、それまで雇っていた人が辞めることになって、新しい人を雇おうとしていた矢先、入られちゃったんですって」

「そりゃあ、災難だったな」

思わず喜八が言うと、「でも、たまたまじゃないって言う人もいるのよ」と、おあさは声を潜めた。

「たまたまじゃない？」

「だから、用心棒がいない隙《すき》を狙って、盗みに入られたんじゃないかって」

「それって、犯人は事情を知る奴ってことになるのか」

店に雇われている者かその身内、もしくは用心棒を世話した口入屋《くちいれや》といったところか。伊勢屋の客ということもあり得るが、用心棒の有無までは知りようがないだろう。

そんなことを考えていたら、

「中山勘解由《かげゆ》さまって知ってる？」

と、おあさの話は思いがけないところへ飛んだ。すぐには何も言えなかったが、おあさは返事を求めてはいなかったらしく、

「鬼勘って呼ばれている、とにかく怖いお方がいるのよ」

と、話を続けた。

「火付人を追捕《ついぶ》するお役に就いてるとかで、盗賊もかなり厳しく取り締まってるみたい。その方が伊勢屋に出向いていろいろ調べたそうなのだけれど、奉公人たちに対するお調べはかなり厳しかったんですって。鬼勘はね、店の中から手引きした者がいるんじゃないかと、疑ってらっしゃるのよ」

そう話を締めくくったおあさに、喜八は礼を述べた。

「それにしても、おあささんはいろいろとよく知ってるんだなあ」

喜八が感心して呟《つぶや》くと、

「当たり前です。だって、お嬢さんは——」

それまでおこしを齧《かじ》っていたおくめが、急に話に割り込んできた。どうやら、自分の主人を自慢したいらしい。しかし、その中身を聞く前に、おあさが「おくめ、駄目よ」とその口をふさいでしまった。おくめは「すみません」と素直に謝り、またおとなしくおこしを齧り始める。

「おあささんがいろいろとくわしい理由《わけ》、俺には教えてくれないのかい？」

喜八がその顔をのぞき込むようにして問うと、

「気にしないで。大したことじゃないから」

と、おあさは慌てて目をそらした。

「それじゃあさ、また新たに何か分かったら、俺にも教えてくれないかな。そのために来てもらった時は、何でもおごるからさ」

と、喜八が言うと、おあさは少し考えるように沈黙した後、

「おごってもらわなくていいから、代わりにあたしの頼みごとを聞いてくれないかしら」

と、目を喜八に戻して言った。

「頼みごと？　俺のできることなら、何でもいいけど」

気軽な調子で引き受けた喜八の前で、おあさはふっと微笑んだ。それまでの素直な笑顔

とは違って、一癖あるふうに見えなくもない。

「今はまだいいわ。いずれ、また」

物言いも引っかかるが、もとより自分から言い出したことだ。

「分かった。それでいい」

と、喜八は答えた。

「じゃあ、約束ね。あたしは伊勢屋さんのことで何か分かったら、喜八さんに知らせる。喜八さんはいつかあたしの頼みごとを一つ聞いてくれる」

「あ、ああ」

笑顔の裏で考えていることが気になりはしたものの、喜八はうなずいた。それから、おこしを食べ終えた二人が帰っていき、茶碗と皿を片付けて調理場へ戻ると、

「若、ちょっと」

と、弥助が包丁の手を止めて、声をかけてきた。

「今話してたの、昨日の妙なお客ですよね。大丈夫でしたか」

「大丈夫に決まってるだろ」

あきれた顔をしてみせたら、

「聞こえていましたよ、あの客と若の話」

と、弥助は真面目な顔つきで言う。

「え、お前、耳がいいんだな」

「若に頼みごとをするなんざ、相当なたまじゃねえですか」

と言う声が妙に尖《とが》っていた。

「いや、頼みったって、どうせ大したことじゃねえだろ」

喜八は気軽な調子で受けたが、弥助は表情を変えず、無言でまな板に目を戻した。青菜を切る音がとんとんと勢いよく響き始めた。

松次郎なしで店を開けたこの日も、やがて暮れた。注文の多かった玉子ふわふわに青菜のお浸し、湯豆腐など、どれも上々の出来栄えで、客からの注文にはほぼ応じることができた。

店が終わって一段落すると、松次郎の書き置きのことが気にかかってくる。

差し当たっては、松次郎の長屋を訪ねてみることくらいだが、神田の何町かまでは聞いていなかった。百助なら知っているだろうと、取りあえず帰りがけに寄ってくれるのを期待して待つ。すると、店じまいから四半刻（約三十分）も過ぎた頃、当の百助が裏の戸口から現れた。

「お疲れさんです、若」

と、百助は喜八に向かって頭を下げる。

「松の野郎は、もう帰ったんですかね」

　訊き方があっけらかんとしているのは、何も知らないからだろう。

「実は、そのことで若が親父を待ってらしたんだ」

　と、弥助が百助に告げた。

「何、松の野郎がどうかしたのかい」

　よくないことだと察したらしく、百助の眉間に筋が刻まれる。喜八は松次郎の書き置きを百助に見せ、昨日からの出来事を話した。

「そうでしたか。伊勢屋の話はあっしも小耳に挟んでたんですが……。そうか。松の野郎がそれを聞いたら、気持ちが乱れちまうのも無理はねえ。いや、あっしが気を配らなくちゃいけなかったんだが」

　最後は自責の言葉を口にし、百助は無念そうな表情を浮かべた。

「何か知ってるんだな、百助さん」

　喜八が問うと、百助は腹をくくった様子でうなずいた。

「伊勢屋と松次郎にはつながりがあります。もっとも、あいつが仕事を辞めるって言い出したことの関わりは謎ですがね。どっちにしても、今日はこれから、あいつの家へ寄ってみますよ」

　取りあえず、松次郎のことは自分に任せてくれと、百助は言った。

「それはいいが、松つぁんと伊勢屋の関わりを俺にも話してくれ。叔母さんから店を任された以上、松つぁんのことを知っとく必要はあるだろ」

「ごもっともです」

百助は顔を引き締めてうなずいた。

「実は、松次郎には一粒種《ひとつぶだね》の倅《せがれ》がいましてね。今は十四か十五くらいでしょう、その倅が今の話に出た伊勢屋へ奉公に出てるんでさあ」

「そうだったのか」

松次郎に倅がいたとは聞いておらず、喜八は意外な感に打たれていた。

「その倅は、例の弾圧のちょっと前、里子に出してるんです。だから、奉公に出る前も、一緒に暮らしてたわけじゃねえんですよ」

かささぎ組が中山直守の弾圧で潰されたのが、八年前のことだ。ならば、約八年もの間、松次郎と倅は別々に暮らしてきたことになる。

「里子に出した時には、松次郎は連れ合いに先立たれてましてね。何とか倅の世話をしてきたんですが、その頃、町奴への締め付けが厳しくなってきたこともあって、不安を感じたんでしょう」

間もなく町奴の弾圧が始まり、松次郎は大八郎から姿を隠せと厳しく言われて従った。が、その時すでに里親のもとにいた倅の身に、危険は及んでいない。

倅の名は乙松というそうだ。

「え、乙松？」

思わず声が裏返った。喜八は弥助と顔を見合わせた。弥助の表情も強張《こわば》っている。

「二人とも、乙松って名に聞き覚えが？」

百助も顔色を変えた。

「ああ、初日に来てくれた客に、ちょうどそのくらいの年頃の乙松って小僧がいた。前にも一度、来てくれたことがあるんだが、店の名は聞いてなかったな」

喜八は続けて、連れの定吉という男が日本橋の店の奉公人だと言っていたこと、松次郎がその二人に若菜のお浸しをおまけしたことを付け加えた。

「それに、二人が出ていった後、松つぁんは外で連れの定吉と話してたんだ」

今にして思えば、松次郎の態度にはいくつも不自然なところがあった。だが、それらはすべて、乙松が松次郎の倅であれば納得がいく。

「そんなことがあったんですか」

と、百助は驚いていた。

「けど、乙松の方はいたってふつうだったぜ。父親を探すそぶりもなかったし」

「なら、乙松は何も知らないんでしょう。里子に出してから、松次郎は倅に会ってないはずですし、乙松にしてみりゃ、父親の顔もうろ覚えかもしれやせん」

「けど、定吉って連れの方は知ってたんだろうな」

「そうなるんでしょう。この店へ乙松を連れて来たのもその人なんでしょうし、店の外で松次郎と会ってたのも、乙松抜きで打ち合わせることがあったのかもしれやせん」

続けて、百助は自分が知る松次郎父子の事情を語り継いだ。

「乙松の実父が町奴だったことは、当人も養父母も知ってることです。けど、伊勢屋へ奉公に出る際は隠してたようでしてね。そのことは、松次郎がひそかに口入屋に探りを入れて調べたんですよ。だから、乙松の奉公先は松次郎も知ってたんですが、倅に顔を見せるつもりはないと言ってたんです。だから、その定吉とかいう連れとつながってたのは、ちょっと意外でしたね」

喜八はおあさに聞いた話を思い出しながら、口を開いた。

「倅の奉公先が盗みに入られたなら、松つぁんが心配するのは当たり前だ。けど、伊勢屋の連中は皆、無事だったそうだぜ。松つぁんが思い詰めることなんざ、何もないだろう」

「おっしゃる通りで。どっちにしても、こんな紙切れ一つで、姐さんと若の店を辞めるなんざ、許される道理がねえ。必ずけじめはつけさせます」

まずは自分が松次郎を捜して事情を聞き出し、若の前に引きずり出す、と百助は請け合った。同時に、松次郎と伊勢屋のことも探ってみるという。

「ちなみに伊勢屋の一件には、鬼勘が出張ってきてるみたいだ。念のため、言いがかりをつけられねえように気をつけてくれ」

「鬼勘が――？」

百助は忌々《いまいま》しそうに眉をひそめた。

「もしかしたら、松次郎が辞めるなんて言い出したのも、奴が関わってるかもしれませんな。そこんとこも調べてみますよ」

頼もしげに請け合ってくれた百助の言葉に少し安心すると、急に腹の虫が鳴いた。この後、すぐに松次郎の長屋を訪ねると言う百助を強引に引き止め、三人で夕餉《ゆうげ》の膳を囲むことにする。

「弥助が松つぁん並みに、料理が作れるとは驚いたよ」

味噌《みそ》田楽《でんがく》や里芋の煮物など、味のよくしみ込んだ料理をつまみながら、喜八は百助に言った。

「いやあ、松の野郎にゃとうてい及びませんがね。こいつのは、うちの嬶《かかあ》が仕込んだだけなもんで」

「そうか。弥助の料理はお袋さんの味なのか」

何の気なしに言ったことだが、百助と弥助の顔からふっと和やかさが消える。二人とも、母の顔を知らぬ喜八のことを気に病んだらしく、その場が気まずくなってしまった。喜八としては弥助をうらやんでの言葉ではなかったが、下手な言い訳をすれば、余計に気をつかわせるだけだと思い、口をつぐむ。

「ま、何と言っても旗本屋敷で働いてた松次郎の腕は確かです。だから、あいつさえいりゃ、この茶屋は大丈夫だって、姐さんとも言ってたんですがね」

確かにこの二年、松次郎の料理を気に入り、芝居見物とは別にわざわざ足を運んでくれるという常連さんもいた。弥助の料理の腕は期待できるが、といって、今はまだ松次郎なしでやっていけるわけではない。

「まあ、しばらくは若にもご不便をおかけしますが、こいつで我慢してやってくだせえ」

百助が話をまとめるように言い、取りあえず、松次郎が戻るまでは今日の調子で店を続けていくとなったところで、食事は終わった。

その後、百助と弥助から「若はお休みを」と言われ、喜八は二階へ追いやられた。まあ親子水入らずの話もあろうと、言われた通りにする。その間に、二人は片付けを済ませてくれたらしい。

ややあってから、帰りの挨拶をしに百助が二階の部屋へやって来た。松次郎のことは任せてください、と請け合った後、

「何やら、変な女にまとわりつかれてるんですって？」

と、訊いてくる。弥助が告げ口したのかと半ばあきれ、半ば感心してしまった。百助はと言えば、さして心配そうでも深刻そうでもなく、むしろにやにや笑っている。

「いや、あっしはうるさい母親みてえなことは言いやせんがね。ま、弥助の奴は心配性ですから」

「弥助だって、俺の母親代わりってわけじゃねえだろ」

「若を相手に駆け引きするたあ、何さまだって言ってましたぜ」

「駆け引きってほどじゃねえだろ。中身もまだ聞いてねえんだぜ」

「いや、弥助が心配してるのはそこなんですよ。ま、弥助ほどじゃねえが、あっしもちょっとは引っかかります」

「引っかかる？」

喜八は訊き返した。からかうようだった百助の表情が急に真面目になる。

「たとえば、親父さんのご生前、うちといざこざのあった組と関わりのある女。あるいは、鬼勘の手下かもしれやせん」

「まさか」

思わず言い返したものの、おあさが鬼勘の噂をしていたことが思い出された。

「そういや、鬼勘のこと、話してたな。怖い役人とか言ってたようだが」

「弥助からも聞きましたぜ。もちろん、ただの世間話ってこともありますが……」

百助は少し間を置いた後、「よござんす」と思い切りよく言った。

「堺町のおあさって名乗ってたんですよね。そっちも、あっしが調べておきますよ。そんで、やばい女なら、若が籠絡《ろうらく》されねえうちに手を打ちましょう」

「籠絡なんかされねえよ。まったく、弥助の奴は」

思わずむきになってしまった。百助は再びにやっと笑いかけたが、喜八が睨《にら》みつけると、すぐに下を向いた。

「まずは松の野郎と伊勢屋の件なんで、そっちは後回しになりますが」

「後回しどころか、忘れてくれてかまわねえよ。あの女は伊勢屋のことにくわしそうだから、話を聞かせてくれと頼んだ。代わりに、あの女の頼みごとを一回聞くってだけの話だ」

「まあ、その女客から新しい話を仕入れたら、あっしにも伝えてください」

百助はそう頼むと、「この場で失礼します」と頭を下げ、部屋を出ていった。

この日の夜、神田の長屋を訪ねた百助は、深夜まで待ったそうだが、ついに松次郎は帰ってこなかったそうだ。そして、翌朝早くにもう一度長屋へ出向いた時にも、松次郎はおらず、長屋に帰った気配もなかったという。

松次郎の消息は途絶え、その後も手掛かりはまったく見つからなかった。

四

松次郎が姿を消してからの茶屋かささぎは、弥助が調理場を引き受け、何とか商いを続けている。無論、味の違いに気がつき、どうしたのかと尋ねてくる客も中にはいた。

「これまでの料理人がちょっと休養中で、今はこれまで運び役をしていた弥助が作ってるんですよ」

喜八が答えると、たいていの客は「今の料理も悪くないが前の料理人さんが戻るのを待っているよ」と、温かい声をかけてくれる。一方、「え、これ、弥助さんが作ってるの?」と跳ね返った声を上げる女客もいた。

「弥助さんの顔を見られないのが残念だと思っていたけれど、調理場に立っていたなんてね」

「弥助さんが作ってくれたと思うと、格別おいしく感じられるわ」

などと、いつもより多くの注文をしてくれるのは、たいてい懐に余裕のある三十路《みそじ》を超えた女客である。

(これはこれで、うちの一つの売りになるんじゃねえか)

あとは、松次郎が帰ってきて、舌の肥えた客を満足させてくれれば、弥助との二本柱で、店はますます繁盛することだろう。

（松つぁんよ、早く帰ってきてくれ）

喜八はそう念じながら仕事に励み続けた。そうして二日が過ぎ、三日目の昼過ぎのこと。

鬼勘こと中山直房が配下の侍たちを引き連れ、店へ乗り込んできた。

「いらっしゃい……」

鬼勘の顔を見るなり、喜八の掛け声は尻すぼみになる。

「ちょっと、中山さま。うちは御覧の通り、小さな茶屋なんですから、そう大勢でいっぺんに来られちゃ困りますよ」

喜八の前に立ちはだかった鬼勘はしかめっ面で「今日は客ではない」と言った。嫌な予感がしたすぐ後、

「御用である」

鬼勘の言葉がずしんと落ちてきた。

「この店に、松次郎と申す料理人がおるな」

「………」

「ただちに引き渡せ」

「待ってください」

喜八は調理場へ続く暖簾の前に立ち、鬼勘を見据えた。

「松次郎は確かにうちの料理人です。けど、今はいません」

「松次郎が住まいの長屋にここ数日帰っていないことは確かめた。ここの茶屋の二階に寝泊まりさせていたのであろう」

「うちの店にも、松次郎はここ数日来ていません」

「たった今、松次郎は料理人と認めたではないか。松次郎がいないのなら、どうして料理を供することができる」

鬼勘が店の中の客を見回しながら言った。客たちは鬼勘と目が合うなり、慌てて下を向く。中には飲食もそこそこに、台の上に金だけ置いて、さっさと店を後にする者も現れた。

「料理は別の者が作ってるんですよ」

喜八は答え、わざとらしく溜息《ためいき》を吐《つ》く。その時、暖簾が動き、調理場から弥助が顔を見せた。

「ほら、中山さまも見覚えがおありでしょう。こいつが料理を作ってるんです。お疑いなら、調理場の中を確かめてもらってかまいませんよ」

「無論、検《あらた》めさせてもらう。調理場だけではなく、裏庭も二階の部屋もすべてだ」

行け――と、鬼勘が同心たちに命じる。

「たった今、外へ逃げ出したやもしれぬ。表通りから路地裏まで隈《くま》なく捜せ」

その言葉に、同心たちがさっと散った。弥助を押しのけて調理場へと踏み入る者、二階へ駆け上がっていく者。だが、どれだけ捜し回ったところで松次郎はいないのだから、気を揉む必要はない。おそらく強盗でも押し入ったように荒らされるだろうが、それを我慢すればいいだけのことだ。

だが、何より心配なのは――。

(表通りから路地裏までと言ったな)

逃げ出すことを想定していたのなら、前もって別の配下に外を見張らせていただろう。中からあぶり出し、外でつかまえた方が衆目を集めやすい。店の者がお縄になったと噂になれば、芝居茶屋かささぎはお仕舞いだ。

もちろん、今回は松次郎がいないのだから、捕り物にはなりようがないが、鬼勘の目的がかささぎを潰すことであったのなら――。

喜八は店の表通りへ飛び出した。

案の定、いや、思った以上の大騒動になっていた。同心たちは先ほど店を出ていった客ばかりでなく、通りを行く人を呼び留めては、男の顔をいちいち検め、男女を問わず松次郎について尋ね回っている。

かささぎに出入りする棒手振《ぼてふ》りたちの姿もあった。喜八に気づくと、彼らは心配そうな眼差しを向けてくれるが、役人たちの問いかけには神妙な様子で答えている。中には、役人たちには恐れ入りつつ、内心ではこの事態を芝居見物のように面白がっているふうの通行人もいた。捕り物らしき現場に興味津々という顔もある。

とんでもないことになるのではないか、と思った直後、

「盗賊、火付人追捕の中山である」

と、いつの間にやら喜八の背後に立っていた鬼勘が、通行人に向かって声を放った。

「中山さまって、あの鬼勘さま？」

「火付人か盗賊を捜してるってこと？」

「まさか、この木挽町に極悪人が潜んでたの？」

人々のささやき声がなぜかはっきりと聞き取れる。

「松次郎なるはかつて男伊達《おとこだて》（旗本奴《やっこ》や町奴）として世を乱しながら、お縄を逃れておった者。この度、盗賊の疑いあり、捜しておる。隠し立てするはお上に楯突《たてつ》く行いであるぞ」

鬼勘の口上はどこか芝居がかっていた。

松次郎の過去をわざわざ暴き立てるのは、茶屋かささぎの悪評を立てようとの企みか。

振り返って鬼勘を睨みつけると、目が合った。その目の奥に嘲《あざけ》るような色がある。

――おぬしを町奴の倅と明かさないのは、せめてもの情けと思うがいい。

と、その目が嗤《わら》っていた。

「きさま」

気づかぬうちに拳を握り締めていた。

「いけないっ！　若」

弥助の声がする。だが、体はもう前のめりになっていた。止めなければ、という思いと、もう止まらない、という焦りがないまぜになる。

その時、喜八は何かに頬を殴られた。その衝撃で体勢が崩れ、怒りの矛も勢いを削がれてしまう。

一瞬、茫然《ぼうぜん》となった喜八の目の端に、足もとの赤い何かが映った。

喜八を殴ったものの正体、それは女物の巾着《きんちゃく》だった。

「ごめんなさーい」

申し訳なさそうな調子の、だが、どこかのんきな感じの声がして、駆けつけてきた女が巾着を拾う。

おあさであった。

「それ、おあささんの……？」

「そうなの。ちょっと手が滑っちゃって」

おあさは肩をすくめて、にっこりと笑う。それを見ていたら、自分がしようとしていたことの愚かさが、急にはっきりと分かった。

自分は怒りに任せて、鬼勘を——天下の旗本を殴ろうとしていたのだ。そんなことをすれば、喜八は無事でいられない。芝居茶屋かささぎも今この瞬間に潰されてしまうだろう。鬼勘はわざと自分を怒らせようとしていたのだ。ひと悶着《もんちゃく》起こさせ、世間の信用をなくさせようとしていた。

おあさの機転のお蔭で、喜八は冷静さを取り戻し、鬼勘の意図をはっきりと理解することができた。

「若」

弥助もすぐそばまで来てくれていた。もう大丈夫だと目で伝える。

「どうぞ、気の済むまでお捜しください。俺たちはお上に逆らうつもりはありません。お捜しの者はここにはいないと正直にお答えしたまでです」

喜八は堂々と言ってのけると、鬼勘の反応は見ずに、店の中へと引き返した。

店の中では探索を終えた同心たちが、不満の募った表情で裏庭や二階から戻ってきたところだった。調理場はひどく荒らされており、客の席の方も食器やら食材やらが散らかっている。おそらく二階の部屋もひどいありさまなのだろうが、元に戻せと言うだけ無駄だ。

同心たちは舌打ちしながら、店を出ていったが、入れ替わりに店へ入ってきたのは、鬼勘であった。

「まだ何か」

毅然《きぜん》と尋ねる喜八に対し、「今日はこれにて帰る」と憮然《ぶぜん》として答える。

「私の座右の銘を教えてやろう。『大江戸泰平』というのだ」

そう続けて述べた時、鬼勘の声は一転、誇らしさと自信にあふれていた。

「天下泰平とまでは言わぬ。それは、もっと上の方々のお仕事ゆえな。されど、大江戸泰平は我が責務だ」

その泰平を乱しているのがお前たちだ、と鬼勘の目が言っていた。

「それは気が合いますね。俺も同じ思いですよ。けどね、そういう大義のためならば、一軒の店の平安なんざ、ぶち壊してもいいってことになるんですか」

荒らされた店の中を見回しながら物申すと、

「『小を捨てて大に就く』と言うことだ」

と、鬼勘は言い返してくる。

「見舞い金くらいは出さぬでもない。欲しければ言え」

「けっこうです」

喜八が断るや否や、「どうぞ、お帰りを」と弥助が鬼勘を追い出しにかかった。鬼勘の足が暖簾の外へ出たところで、いつになく憤懣《ふんまん》を滲《にじ》ませた表情で、弥助は切り出した。

「お調べだってことは分かりますけど、これはやりすぎですよね。それに、中山さまはこれまでもうちの店に目を光らせてました。そうまでする理由があるんですか」

「無論、大江戸泰平のためである。ただし、目を光らせていたのはこの店というより

――」


鬼勘の眼差しが、弥助の肩越しに喜八の方へと向けられた。

「若が何をしたって言うんです。どうして、そんなにしつこく若にばかり……」

「おぬしには関わりない」

鬼勘の返事は急にそっけないものとなった。

「おぬしらが知って益あることでもない」

「それは、どういう……」

なおも訊き返す弥助にはもう返事をせず、鬼勘は暖簾に背を向けると、配下を引き連れ去っていった。

「今日はもう、暖簾は外しますね」

弥助の言葉に喜八はうなずいた。どの道、このありさまでは客を迎え入れることなどできはしない。

心身ともに疲れを覚え、喜八は目についた腰掛けに座り込んだ。その時初めて、店の中におあさと付き添いのおくめがいることに気づいて、おやと首をかしげる。暖簾を外して店の中へ戻ってきた弥助が、

「あの、お客さん。今日はもう店は閉めることにしましたので」

と、おあさに声をかけているのが聞こえた。弥助に任せておけばいいかとぼんやり思っ

ていたら、

「大丈夫？」

突然、右の頬に柔らかいものが触れて、喜八は驚いた。ぼうっとしていた頭が瞬時に覚めた。すぐ目の前におあさの顔がある。仰天したのは、その顔の上に見慣れぬものがのっていたことであった。

「おあささん……なんだよな。そ、それは……」

「ああ、これ、眼鏡《めがね》よ。見たことない？」

おあさは、真ん丸の硝子《がらす》で両眼を覆う眼鏡なるものをかけていた。

「えっと、眼鏡ってものは知ってるけど……」

見たのは初めてだった。そもそも、ふつうに手に入るような代物ではない。

「あたし、目があまりよくなくて……」

芝居を観る時だけはこの眼鏡をかけているのだと、おあさは言った。なるほど、目がよくないのだとすれば、初めて会った日、喜八の顔を穴の空くほど見つめていたことも、その目をよく細めているのも合点がいく。

今日は喜八の方がまじまじとおあさの顔に見入ってしまった。

何だか、眼鏡一つで別人になってしまったようだ。しかし、よく見れば、好奇心に満ちた二つの目には見覚えがある。そして、見慣れてくると、眼鏡をかけたおあさの顔は何とも微笑ましいものであった。

「やあ、おあささん。吃驚《びっくり》しちゃったよ」

一時の驚きから覚めた喜八が言うと、おあさは「顔をよく見せて」と喜八の右の頬に目を向けた。

「さっき巾着が当たったところ、赤くなっているわ。思い切り当てちゃったから」

おあさはしゅんとうなだれている。

「こんなの、気にしないでいいよ。むしろ、さっきは助けられたんだからさ」

「駄目よ。きれいな顔に傷でも残ったらどうするの？」

「顔に傷って、女じゃあるまいし」

何の冗談かと喜八は笑ったが、おあさは大真面目に溜息を吐く。

「舞台に上がれなくなったら困るわ」

「舞台に上がるって、この俺が？」

喜八が頓狂な声を上げると、

「え、違うの？」

おあさはきょとんと訊き返した。

「喜八さんって、山村座の藤堂鈴之助の甥《おい》っ子なんでしょ」

おあさは当然のように尋ねるが、驚いたのは喜八の方だ。

「おあささん、俺が鈴之助の甥だって、どうして知ってるんだ」

「あ、ああ。それは知り合いから聞いたのよ。この店に出入りしている常連さんなら知ってるでしょ」

おあさはなぜか喜八から目をそらした。

「けど、俺は役者になるなんて、誰にも言ってないぞ」

「あ、それは、あたしが勝手に思い込んじゃっただけだけど……」

と、おあさは認め、再び喜八に目を戻した。

「本当に役者になる気はないの？」

「あるわけないだろ」

「鈴之助の甥っ子なのに？」

「甥ったって血はつながってない」

「でも、鈴之助には実の子がいないから、喜八さんを引き取って育てていたんでしょ。二枚目の役もいいけれど、鈴之助みたいに女形を目指す方が合っているんじゃないかと、あたしは思うの。ゆくゆくは、上村吉弥《かみむらきちや》や水木辰之助《みずきたつのすけ》みたいになれるかも。そしたら、喜八さん独自の帯の結び方を決めて、舞台ではいつもそうするの。きっと江戸の若い娘たちが皆、真似するわ。『喜八結び』なんて呼ばれるようになったりして……」

しゃべり出したら止まらないという様子で、おあさの舌は滑らかに回り続けている。後半のおしゃべりはともかくとして、鈴之助に実子がいないという話は正しいし、喜八がその甥であることも知っていた。誰かから聞いたような口ぶりだったが、他人の家の内情をそれほど正確に知るのは決して容易ではないはずだ。

（まさか）

おあさの素性を怪しみ、鬼勘の手の者ではないかと言っていた百助の言葉が思い出される。おあさは伊勢屋に盗みが入った事情にもくわしかった。それも、鬼勘とつながっているのなら、何ら不思議ではない。

「お客さん」

その時、弥助が話に入ってきた。

「とにかく、もう店は閉めたんですから、お引き取りください」

めずらしい眼鏡顔を見ても、平然としている弥助の態度に、喜八はむしろ感心する。

「せめて傷の手当てだけでも……」

おあさは粘ったが、

「お客さんにそんなことをさせられません。俺がちゃんと手当てしますので、どうぞお引き取りを」

表情一つ変えずに言う弥助には逆らいようもないらしく、さすがのおあさも「分かったわ」と折れた。

「でも、一つだけ、喜八さんに伝えたいことがあるの。伊勢屋の件よ」

おあさは懸命に言い継いだ。

「何か分かったのか」

喜八は身を乗り出し、弥助もこの時は口をつぐんだ。

「伊勢屋の小僧さんがつかまったんですって。どうやら賊の手引きをしたらしいわ」

それは、もしや乙松のことではないのか。

「その小僧の名前は分かるか」

喜八は勢い込んで訊いたが、おあさはそこまでは分からないと答えた。

「前におあささん、伊勢屋の一件を鬼勘が調べているらしいって言ってたよな」

「ええ。その鬼勘がいたからさっきは驚いちゃった。鬼勘が捜していた人って、ここの店の料理人と聞いたけれど、伊勢屋の一件が関わっているのかしら」

おあさがその疑問を持つのは当たり前である。

「俺たちも急なことで驚いてるんだ。ただ、鬼勘にも言ったように、その料理人は数日前から来なくなっててさ。うちの大事な料理人なのに、俺たちもわけが分からないんだよ」

松次郎と乙松の関係は伏せたまま、喜八は応じた。それ以上のことを好奇心旺盛《おうせい》なおあさに問いただされたら困るところであったが、「それは心配でしょうね」と返ってきただけであった。

おあさの興味をそらそうというつもりか、弥助が口を開く。

「つかまった伊勢屋の小僧さんが、盗みに関わっていたらどうなるんでしょう」

「ふつう、十両盗んだら死罪って言われてるわ」

それは喜八も聞いたことがある。今回の伊勢屋の事件では百両が盗まれているから、賊が見つかれば死罪は確実だろう。

「小僧さんが十五歳になっていなけりゃ、死罪は免れるのだけれど」

「十五歳……」

乙松は十四か十五になっているはずだと、百助は言っていたはずだ。つかまったのが乙松と決まったわけではないが、そのことは早急に確かめねばならない。

「でも、十五だとしても、この正月より前は十四だったたんだぜ。そのくらい、手心を加えてくれるんじゃ……」

何と言っても相手は子供である。賊の主犯でもないのだし、死罪は厳しすぎやしないか。

だが、喜八の考えにおあさは容赦《ようしゃ》なく「無理よ」と言った。

「事件の起きたのが去年ならいざ知らず、一月に入ってからなんだから」

「ほんの十数日で、死罪かそうでないかが違ってくるのか」

喜八は何となく納得がいかない気持ちで呟いた。

「相手はあの鬼勘なのよ。温情をかけてくれる人じゃないわ」

おあさのその言い分に対しては、返す言葉が見つからない。

「喜八さん、中山さまが鬼勘と呼ばれるようになった経緯《いきさつ》は知っている？」

ふと思い出したように、おあさは尋ねた。

「父親の異名を引き継いだんだろ」

喜八が答えると、おあさはあいまいな表情でうなずき、さらに説明してくれた。

「それもあるけれど、もう一つ理由があるのよ。火付追捕のお役に就いてすぐ、容赦のないお裁きをしたことが原因で『鬼』と呼ばれるようになったの」

「容赦のないお裁き……？」

「お定め通りに裁いたといえばそうなのだけれど……。八百屋お七《しち》の話を聞いたことはある？」

喜八と弥助は顔を見合わせ、それぞれうなずいた。

貞享の大弾圧の三年前、中山直守が盗賊追捕の役に、息子の直房が火付人追捕の役に就いた年のことだ。喜八は六つで、当時の記憶としてはあいまいだったが、後に鬼勘が関わる一件だと聞かされ、忘れられなくなったのが八百屋お七の事件であった。

お七は鬼勘が火付人追捕の役に就いてすぐ、火付けの事件を起こした。火事自体は小火《ぼや》で済み、死者や怪我人は出なかったのだが、下手人のお七は捕らわれの身となった。

火付けの罪は火あぶりと決められているが、十五歳以下ならば罪一等を減ずる処分となるらしい。そして、この時のお七は十六歳になったばかりであった。

被害が少なかったこともあり、江戸の人々はお七に同情した。いくら何でも火あぶりは酷だというので、何とか温情をかけてやってほしいと願ったのである。

取り調べをした役人が手心を加えようとしたのを、お七が拒んだなどという話も伝わっているが、最後にお七の刑を決めたのは中山直房だった。直房は十六歳になったばかりのお七を容赦なく火あぶりに処したのである。

「それ以来、中山さまは恐ろしいと皆が言うようになり、数年後にお父上が亡くなられた後、中山さまは鬼勘と呼ばれるようになったの。八百屋お七の火あぶりがなければ、そんなふうに呼ばれていなかったかもしれないわ」

おあさの話はそれで終わった。つかまった伊勢屋の小僧の名前や年齢が分かったら、また知らせてくれるという。最後に、眼鏡の奥から喜八の傷を心配そうに見つめ、

「ちゃんと手当てしてちょうだいね」

と、弥助に頼んでから、おあさはようやく眼鏡を外した。

「外を歩く時は、眼鏡をかけないで大丈夫なのか」

目が悪いというおあさを気遣って、喜八が問うと、

「もちろん、かけていた方が安全なんだけれど、眼鏡は貴重なものだから、逆に危ないって言われていて……」

と、眼鏡を筥《はこ》へしまいながら、おあさは答えた。悪い連中に目をつけられ、盗《と》られそうになったり、家を探し当てられる危険があるということらしい。

「おくめがいてくれるから、不便を感じたことはないわ」

おあさはそう言い、頼りになる付き添いの少女と一緒に帰っていった。二人を見送り、表の戸を閉めた弥助が戻ってくると、

「さあて、ここの片付けから始めなけりゃだな」

と、喜八は立ち上がりながら声を張った。

「それはそれとして。まずは若の傷の手当てを」

弥助が絶対に譲れぬという口ぶりで言う。おあさを胡散臭《うさんくさ》く思っているらしい弥助だが、気の合うところもあるようであった。

五

その日、店の後片付けが半分ほども終わったかという頃、叔母のおもんが店へ駆けつけてきた。

「あんたたち、大事ないかい？」

突然戸を開けて入ってきたおもんは、険しい表情を浮かべていた。何でも、鬼勘の一行

に乗り込まれたことを教えてくれた人がいたとかで、聞くなり急いで店へ向かってくれたという。

「何て顔してんだよ、叔母さん。俺たちに何かあってたまるか」

喜八は磊落《らいらく》な調子で言った。

「けど、相手が相手だからねえ」

おもんは店の中を見回しながら不愉快そうに呟く。それから、喜八と弥助にくわしい話を語らせると、

「取りあえず、あんたたちはここの片付けが終わったら、あたしの家へおいで。夕餉は用意しておくから」

と、告げた。それから、喜八に目を据えて、

「松次郎のこともこれまでお前に任せきりにしてたけど、この先はやっぱりあたしも口を挟ませてもらうよ」

と、有無を言わせぬ口ぶりで言う。

「口を挟むって、何をするんだよ」

「それは、夕餉の席でくわしく話すよ」

と言うなり、おもんは慌ただしく帰っていった。

夕暮れ時になり、片付けも大方済ませた喜八と弥助は、おもんの家へと出向いた。興行

中なので、鈴之助は芝居小屋に寝泊まりしているとのこと。その代わり、夕餉には百助と子分たち数名も招かれていて、思いがけず賑《にぎ》やかな席となった。

ここで、おもんの行動の、恐るべき素早さが明らかにされる。おもんは喜八たちと別れた後すぐ、手の空いている子分たちを呼び集めるや、すぐに伊勢屋と乙松のことを調べてくるよう、指示していたのであった。

「へいっ、姐さん！」

と、町へ散った子分たちは、たった半日で相応のことを調べ上げ、おもんのもとへ成果を持ち帰ってきた。乳熊屋《ちくまや》の味噌を使った寄せ鍋をつつきながら、皆でその成果を聞くことになる。

「乙松は辛酉《しんゆう》の年（一六八一年）の生まれで、今年で十四になったとこです。里子に出されたのが六つの時。それから、十歳で伊勢屋へ奉公に上がってるんですが、伊勢屋は十一歳以上の餓鬼しか雇い入れてないそうで、ま、さばを読んだんですな。だから、伊勢屋では一つ上で通ってます」

子分の一人が報告した話に、喜八は顔色を変えた。

「じゃあ、乙松は十五歳ってことになってるのか」

「へ、へえ。たぶん」

鍋に伸ばしかけていた箸を手もとへ戻し、子分は神妙な表情で告げた。

「で、つかまったのは乙松で間違いないんだな」

その問いに答えたのは、別の子分である。

「伊勢屋の奉公人に聞いたところ、鬼勘の手下が来てつかまえていったそうです。何でも、賊に伊勢屋の内情と金のありかを伝え、中から手引きした疑いってことですが」

「けど、その賊はつかまえちゃいないんだろ」

と、口を挟んだのはおもんであった。鍋に青物やら茸《きのこ》やらを入れる手は止めずに話に入ってくる。

「主犯の賊を捕らえてもいないくせに、乙松が手引きしたなんてよくも言えたもんだよ。証《あかし》はどこにあるっていうんだい」

「乙松は手引きしたことを認めちゃいないんだろ」

今度は百助が問うた。

「へえ。自分はやってない、何も知らないって、役人に連れてかれる際にも泣き喚《わめ》いていたそうです」

「当たり前だよ。もし本当に手引きしていたなら、金を盗んだ後すぐ、とんずらしてるに決まってるじゃないか」

おもんがあきれて言うのを、喜八ももっともだと思う。

「それが……ですね。乙松が疑われた理由ってのが……あるみたいなんでさ」

子分の一人が言いにくそうな口ぶりで切り出した。その者はすでに箸を置き、両拳を正座した膝の上に載せている。

他の連中もその話は初耳なのか、皆が男の口もとに注目した。おもんも菜箸を動かす手を止めている。

「実は……乙松の実の親が松次郎だって、鬼勘たちにばれたみたいで。その、つまりは元かささぎ組の町奴だと知られたせいで」

「乙松は盗みの疑いを着せられたって言うのかい？」

おもんが激しい怒りをこめて口走った。

「何だって」

「許せねえ」

子分たちの口から次々に憤怒《ふんぬ》の声が上がる。

「そのう、伊勢屋の主人夫婦も今回、役人連中からそのことを教えられた途端、急に態度を変えちまいやがって。今までは乙松のことをかわいがってたらしいんですが、これまですっかり騙《だま》されていたと怒り出しちまって……」

報告役の子分が言いにくそうに告げると、

「そりゃあ、ひでえな」

と、声は上がったものの、先ほどのような勢いのよさは消えていた。

役人たちがよく調べもせず、町奴の倅だからというだけで乙松を疑い、捕縛《ほばく》したのは許しがたい。だが、伊勢屋の夫婦が、町奴の倅を知らぬ間に雇わされていたことに驚くのは無理もないことであった。

「で、松次郎の行方についちゃ、どうなんだい。何かつかんだ奴はいねえのか」

話を変えるように、百助が問う。

だが、子分たちは首を横に振るばかりで、口を開く者はいなかった。気を取り直した様子で、おもんが口を開く。

「鬼勘は松次郎の仕業だと思ってるようだけど、それは違う。もし本当に盗みを働いたんなら、町で噂が出る前に姿を消してるに決まってるだろ。まして、倅に手引きさせたんなら、倅を連れて逃げ出すのが筋ってもんだ」

「あっしが松次郎から聞いている限りの話じゃ、松次郎は乙松とは別れて以来、会ってないはずです。倅の方は父親の顔も覚えてねえでしょう。よしんば八年前の顔を覚えていたって、松次郎も人相変わりましたしね」

百助がおもんに向かって言った。

「そりゃあ、あの大弾圧からこっち、皆、苦労したからね」

いつになく、しんみりとしたおもんの物言いに、子分たちはうつむいている。

「松次郎は義理堅い男だ。乙松が疑われ、それが飛び火して自分のところに来るって、気を回したのかねえ。そうなりゃ、迷惑がかかるとでも思ったのか」

「確かに、松次郎が気を回したってのは、一理あります」

と、百助が口を挟んだ。

「松次郎も乙松も何もやっちゃいねえでしょうが、あの鬼勘にそう訴えたところで、耳を傾けるとは限らねえ。一度疑われたら、覆すのに何倍も骨が折れますから。それに……」

「何だい？」

躊躇《ためら》いがちに口をつぐんだ百助に、おもんが訊き返した。

「あいつは前に一度お縄になったことがありまして」

「ああ。松次郎が兄さんとこへ身を寄せることになったきっかけの事件だね。けど、あれは濡れ衣を着せられたんだろ」

「へえ。それはそうなんですが、あん時の松次郎は旗本奴の主人の言いなりになってつかまった挙句、無実を訴えもしませんでしたから。役人たちからすりゃ、あいつの言葉は信が置けねえと考えることでしょう」

「畜生。あいつらが余所見《よそみ》してる間に、本当の悪党どもはどんどん遠くへ逃げちまうじゃねえか。まったく、鬼勘の野郎、とんだ役立たずだ」

子分の一人が呻《うめ》くように呟くのを聞き、喜八は唇を噛んだ。

「何だい、お前たち。そんな暗い顔をしてんじゃないよ」

不意に、おもんが声を張った。

「乙松の無実の罪は絶対に晴らしてやる。松次郎も必ず連れ戻す。そうだろ」

「姐さんのおっしゃる通りでさあ」

百助がすかさず言った。子分たちが一斉に顔を上げ、「へい」と声をそろえる。

「乙松の伊勢屋での様子も分かった。乙松が疑われた理由も分かった。今日一日でお前たちはよくやってくれたよ。それから、喜八に弥助。お前さんたちはあの鬼勘めに店ん中を荒らされて、今日はとんだ災難だった。けど、よく鬼勘に手を上げず、こらえてくれたね」

おもんが一同を労った。喜八もその中に入っていたが、「よくこらえた」と言われるとこそばゆい。本当は、おあさの巾着が飛んでこなければ、あのまま怒りに我を忘れて、鬼勘に殴りかかっていたかもしれない。そうなっていれば、喜八も今頃は牢屋《ろうや》の中。こうして皆が顔をそろえて鍋を囲む、というわけにはいかなかったことだろう。

鍋からは湯気がさかんに沸き立ち、甘い味噌の香りが鼻をくすぐってくる。

深川の大渡し近くに店を構えた乳熊屋の味噌は、茶屋を始める際に、松次郎が見つけてきたものであった。麴《こうじ》の甘味が効いた深みのある味わいの味噌で、茶屋では焼きねぎ味噌や味噌田楽として出す他、汁物や煮物にも使い、総じて客の評判もいい。おもんもこの味を気に入り、自宅用としても使い続けていた。

「そうとなれば、とにかく今夜はしっかりお食べ。乙松を救い出す算段を考えるのはそれからだよ」

おもんの言葉に、子分たちは「へい」と応じ、再び箸を手に取った。

「ああ、すっかり煮えちまってるじゃないか。順番に椀をよこしな」

おもんが乱暴に言い、いちばんに喜八の椀をつかみ取った。豆腐と野菜のつみれがたくさん入っているのも、春菊を除いてくれたのも、今日のご褒美といったところか。独り立ちした後、こうしてたまに親もとと呼べる家へ帰るのも悪くない。

弥助も自分の家では、こんなふうに世話を焼いてもらうのだろうか。たまには、弥助を実家へ帰らせてやらなければいけないなと、喜八は思い至った。

喜八は真っ先に具をよそってもらったが、弥助はこの席上ではいちばん最後となってしまう。年輩の者たちが順に椀を受け取っていくのを待つ弥助の椀に、喜八はすばやく自分の椀からつみれを一つ移し入れた。

昔はこうやって春菊を弥助に押し付けたんだったなと懐かしく思い出していたら、弥助と目が合った。椀の中に入れられたのが、喜八の好物であったことにわずかに目を瞠《みは》っていた。

六

牢屋に入れられた乙松は、自分の身に起こったことをなかなか受け容《い》れられなかった。伊勢屋の金を奪った賊の一件に関する疑いだとは知っていたが、なぜ自分が疑われるのか、まったく理解できない。

事件の翌朝、役人たちは伊勢屋に来て、奉公人たちにあれこれ尋ねていったが、その時も事実をありのままに答えた。当日は、主人夫婦や他の奉公人たちと同様に、事が起きるまで気づかずに寝ていた。物音に気づいて起き出した後は、常に誰かと一緒だった。

疑われる理由など何一つないのに、どうしてこんなことになってしまったのか。

事件から数日後、再び伊勢屋に乗り込んできた役人たちは、伊勢屋の主人夫婦と客間で何やら話していた後、突然、乙松を呼び出し、

「お前の父親は、神田松永町《まつながちょう》に暮らす料理人、松次郎に相違ないな」

と、尋ねてきたのであった。実父の名前は知っていたので、驚きつつも何とかこらえ、

「わたしの親は浅草の熊之助《くまのすけ》といいますが」

と、乙松は答えた。

「それは、養父の名であろう。実の父親は松次郎であろうが」

そう訊かれれば、違うとは言えなくなる。小さな声で「はい」と答えるしかなかった。

すると、たちまち「伊勢屋の奉公人乙松、おぬしを百両盗んだ罪により引っ捕らえる」

ということになってしまったのだった。

役人が背後に回り、乙松の手首を縛り上げた。その後、顔を合わせた伊勢屋の主人とおかみは、激しい怒りの目を乙松に向けた。

「まったく、目をかけてやってたっていうのに」

「恩を仇《あだ》で返されるとはこのことだよ」

主人もおかみも乙松に向かって、憎らしそうに言うばかり。あまりの豹変《ひょうへん》ぶりに驚きつつ、胸が痛んだ。

「どういうことなんでしょうか」

必死に問うと、

「まったく白々しい。もう騙されないからね」

と、おかみが敵意のこもった声で答えた。

「わたしは、旦那さんやおかみさんを騙したことなんて――」

「だったら、何で実の父親が町奴だって黙ってたんだい？　まして、数年前はお尋ね者だったっていう話じゃないか」

それは、養父母が奉公先では絶対に口にするなと、言っていたからだ。もっとも、途中からは乙松自身の意思でもあったが……。訊かれてもいないことを打ち明けて、主人たちの信用を失いたくなかった。

だが、実父が町奴だったこと、それを黙っていたことは、役人に捕らわれるようなことなのか。また、それを理由に盗みの疑いをかけられるのだって、納得がいかない。

捕らわれてからの乙松はくり返し、事件に関わる尋問を浴びせられた。

要するに、乙松は仲間の賊を引き入れる手助けをしたと疑われ、仲間はどこへ逃げたのか、百両はどこに隠してあるのか、さんざん訊かれた。

しかし、幾度問いかけられても、自分はやっていない、何も知らないと答えるしかない。

ついには、やっていない証を見せろと言われたが、それならばやったという証を見せてほしいと思う。

だが、そんな乙松にも、一つだけ答えたくないことがあった。

「お前は実の父親に会っていたな」

と、役人が半ば決めつけるように口にした問いに対し、

「……分かりません」

としか、乙松は言わなかった。

「分からないはずがあるかっ」

と、怒鳴り返されたが、乙松は黙し続けた。拷問《ごうもん》してもいいのだぞと脅されたが、震え

ながら無言を通した。百両を盗んだお前は死罪になるのだとも言われたが、その恐怖にも耐えた。

そんな不毛なやり取りが何日か続いたある日のこと、乙松は牢屋から出され、いつもお調べの時に使われている部屋へ連れていかれた。だが、部屋にいたのは、これまで相手をした役人ではなく、どうやらその上役に当たる男のようであった。伊勢屋での取り調べの時、ちらと顔を見たように思うが、主人夫婦とだけ話をしていて、乙松自身が言葉を交わしたことはない。

年齢は四十路《よそじ》に少し届かぬくらいと見えるが、貫禄は十分だった。

乙松を連れてきた者はすぐに立ち去り、部屋の中は男と乙松の二人だけとなる。

「これは正式なお調べではない」

男は眉一つ動かさずに告げた。

「今日は事件のことではなく、ここに至るまでのお前の生い立ちについて聞きたいのだ」

事件に関わらないからといって、偽りを述べてはならない。知っていることを知らぬと言ってもならない。今日お前が語ったことは記録されないが、場合によってはお前を救うことになるかもしれないから、偽りを述べたりせず、正直に答えることだ。

それらの説明に、乙松は逆らいようもなくただうなずかされた。そして、無言で促されるまま、自分の身の上を語り出したのであった。

わたしの名前は乙松に違いございません。生まれは神田。母親の顔は知りませんが、六つまでは父親と二人で暮らしておりました。六つで里子に出されまして、その後は浅草の養い親のもとで。

折り合いでございますか。へえ、伊勢屋の旦那さんとおかみさんのご親切を十とするなら、養い親は三から四くらいでしょうか。早いところ、奉公に出してしまいたいという考えが見え透いておりました。

伊勢屋では、十一歳の子供を小僧として受け容れているんですが、わたしが十歳になった春、養い親は齢《よわい》を一つ水増しして、わたしを奉公へ出したのでございます。

「お前は今日から十一歳だからね」

そう言われた時、わたしはまだ十歳になったばかりでしたのに。

ですが、伊勢屋でひどい目に遭ったことはございません。むしろ養い親の家よりずっとよくしていただきました。旦那さんもおかみさんも番頭さんも、厳しい時はありましたが、お優しい人たちですから。

伊勢屋さんを恨むなんて、とんでもない。感謝こそすれ、お恨みしたことなんて一度もありません。

実の父親のことでございますか。それは、何度もお話ししてまいりましたが……。

へえ、名は松次郎。確かに、元は町奴でかささぎ組に入っておりました。え、それ以前に旗本屋敷に料理人としてお仕えしていたことがある？　いえ、その話は知りません。養い親は意に沿わないことをわたしがした時、よく申しておりました。「やっぱり町奴の倅だね」「血は争えないもんだよ」と。

奉公先で、実の親のことを口にしちゃいけないと念押ししたのも、養い親です。実の父の松次郎に、その後、会ったことがあるか——でございますか。これまでのように、分からないなどという答えは、通らぬ、と——。

はい、今からは正直にお話しいたします。

伊勢屋へ奉公に出て三年が過ぎ、わたしも年に二度の藪入《やぶい》りで、お暇《いとま》をいただけるようになりました。それが去年の七月十六日です。

奉公人たちは皆、藪入りを待ち遠しく思うものですが、わたしは違いました。養い親の家へ帰ったところで、喜んでくれる人などいないのです。帰る気にはとてもなれず、わたしは浅草寺《せんそうじ》の辺りで暇をつぶし、夕方になったらその足で伊勢屋へ戻るつもりでした。

その時、浅草寺の参道の人混みの中、わたしに声をかけてきた人がいたんです。それが実の父の松次郎でした。父はわたしが伊勢屋で働いていることも知っており、藪入りの度にこっそり伊勢屋の様子をうかがい、わたしが出てくるのを待っていたと言うんです。

初めは信じられませんでした。そんなふうにわたしを心配してくれるのなら、どうして六つの時に捨てたんだって、言ってやりたかった。

父親の顔ですか。六つの時に別れたきりでしたのでうろ覚えでした。父の方は身を潜めて暮らしてきたとかで、苦労したと言っていましたね。確かに、実の年より少し老けているようには見えましたが、養い親の話も辻褄《つじつま》が合っていましたし、そこを疑う理由は特にありませんでした。

父はわたしを茶屋へ連れていきました。そこで甘酒を飲みながら、父に問われるまま、これまでのことを語りました。わたしが養い親の家で邪慳《じゃけん》にされていたことを話すと、父は済まなかったと言って泣くんです。その後も、蕎麦《そば》屋、菓子屋、古着屋と連れ回されました。そのうち、楽しいとはこういうことかと、ふと思ったんです。

思えば、誰かと気ままに町歩きをし、金を使って遊ぶなんて初めてのことでした。この人は父親だからこんなことをしてくれるんだなと思いました。世の中の他の誰が、自分にこんなことをしてくれるだろうって。

そうしたら、この人が自分の父親なんだって、身にしみたというんでしょうか。その日が終わる頃には、離れ離れになるのを残念に思うくらいにはなっていました。

父の方はかねがね、わたしに詫びたいと思っていたみたいで、これからも会えないかと訊いてきました。わたしもまた会いたいとは思いましたが、次の藪入りは半年後のことです。そこで、わたしは必死に頭をめぐらし、あることを思いつきました。毎月つごもりに必ず飛脚屋への用事を仰せつかるんですが、その日は茶屋へ寄るくらいの駄賃と暇をいただけるのです。その話をすると父は喜び、その時にまた会おうと言いました。私も承知し、それからは毎月つごもりの日に待ち合わせ、茶屋でひと時を過ごすようになったんです。

父と最後に会った時でございますか。

それは、昨年十一月のつごもりでございます。十二月の大つごもりはお暇をいただくことができませんので、その日が年内で会える最後の日となりました。

え、父に伊勢屋のことを訊かれたかって？　そりゃあ、訊かれましたよ。伊勢屋でどんな仕事をしているのか、旦那さんやおかみさんはどういうお人なのか、番頭さんは厳しいのか、手代や小僧はどのくらいいるのか。わたしがどんな暮らしをしているのか、父はずいぶん気にしていましたから。

それをすべて正直に語ったのかって？　もちろん答えましたけれど……。

ええっ！　お父つぁんがわたしから伊勢屋の内情を暴き出そうとしていた？　では、あのお父つぁんが賊だったというのですか。

まさか、絶対にそんなことはありません。

お父つぁん、いえ、父が伊勢屋のことを尋ねたのは、わたしの暮らしぶりを知ろうとしてのことです。ええ、もちろん養い親の家のことも根掘り葉掘り訊かれました。それがすべて金を盗むための謀《はかりごと》だったというんですか。わたしに優しくしてくれたのも、すべて偽りだ、と――。

違います。お父つぁんはそんな人じゃない。お父つぁんをここへ連れてきてください。え、お父つぁんがいなくなった？　伊勢屋に賊が入った後、間もなく……。

それじゃあ、俺はどうなるんですか。

十五歳以上の罪人は、十両盗んだら死罪？

でも、俺は十四歳です。さっきそう言ったじゃないですか。嘘《うそ》なんかじゃありません。

そりゃあ、伊勢屋の旦那さんたちに訊いたら、十五歳って答えるでしょうけど、本当は十歳の時に十一歳って偽って、奉公に上がったんです。

明らかにするなんて無理ですよ。養い親は齢を偽ったなんて認めませんから。

じゃあ、実の親に明らかにしてもらうしかない？　けど、お父つぁんの行方は分からないんでしょう？

もしこのままお父つぁんが現れなかったら、俺は殺されるんですか。

やってもいない罪を着せられて、どうして俺だけが……。

お侍さま、助けてください。俺は本当に何もやってないし、本当の本当に十四歳になったばかりなんですっ……。

第三幕　吟味立て

一

鬼勘こと中山勘解由《かげゆ》直房が松次郎探索のため、芝居茶屋かささぎへやって来た翌日。

喜八と弥助が茶屋かささぎの店前《たなさき》で目にしたのは、戸口に貼りつけられた落書きと打ち捨てられた鼠《ねずみ》の軀《むくろ》であった。「盗人野郎」「町奴《まちやっこ》は出ていけ」「百両返せ」などと貼り紙には書かれている。松次郎が町奴であったことは、昨日の騒動ですでに広く知られてしまい、かつ伊勢屋の盗みは松次郎がやったと決めつけられてしまったようだ。

鼠の軀はただの嫌がらせだろうが、食べ物を扱う店としては悪い印象を持たれてしまう。さらに、生類を憐《あわ》れむようにというお達しが出ている昨今、余計な言いがかりを付けられる怖さもあった。

「若、申し訳ありません。こういうことも、用心しなけりゃいけなかったのに」

　弥助はうつむいて言い、体が直角になるほど深く頭を下げた。

　どうして、弥助が謝るのか。弥助が謝る必要など何一つない。

「用心たってしようがないだろ。こういうのは、こっちの目を盗んでしていることなんだからさ」

　自分の声が他人の声のように聞こえた。その声が落ち着いて聞こえることがまた、我ながら不思議だった。

　弥助が喜八の顔を見つめてくる。

「若、今、怒ってらっしゃいますよね」

「当たり前だろ」

　喜八は正直に答えた。殴りかかってくるのならば、いくらでも相手になってやる。目の前で面罵《めんば》してくるのなら、こちらも口で応酬してやる。しかし、この種の相手には無駄な腹立ちが募るばかりで、怒りの矛を収めようがなかった。

「言いたいことは、面と向かって言えって言いたいね。陰でこそこそ汚え真似《まね》しやがって。けど、何より腹が立つのは、まだはっきりしたわけでもねえのに、松つぁんがやったと決めつけてくることだ」

「まったくです」

弥助は静かに応じると、「すぐに片付けましょう」と続けた。

「ああ。鼠は丁寧に葬ってやろう。お役人連中に言いがかりをつけられねえためにもな」

「はい。それで、店の方はいつもと同じように開けますか」

弥助の声に滲《にじ》む気遣いの色を、喜八も察していた。

この調子では、店を開けてからの嫌がらせもあるかもしれない。それがなくとも、昨日までのように客が来てくれるかどうか。

だが、ここで店を閉めたら、この落書きの中身を自ら認めたようなものだ。

(松つぁんは「盗人野郎」なんかじゃねえ)

殴り書きの文字を睨《にら》み据えながら、喜八は胸に言葉を叩《たた》きつけた。

「よお、喜八坊に弥助坊」

その時、店前に立ち尽くす二人の背後から、親しげな声がした。振り返ると、三十路《みそじ》ほどの羽織姿の男が立っている。

「三郎太の兄《にい》ちゃん」

喜八の口からも懐かしい、しかしそれ以上に驚いた声が上がった。

とにかく人通りが増える前に、何とかしないと店の評判に関わることだと、三郎太は落書きと軀の始末を手伝ってくれた。

鼠の軀は裏庭に埋めて手を合わせてやり、落書きの紙は取り払い、糊《のり》の跡も丁寧に拭き取る。店前がきれいになったところで、弥助が急いで用意した塩むすびと熱々の味噌汁《みそしる》で朝餉《あさげ》にした。

「へえ、弥助坊が厨房《ちゅうぼう》を手伝ってたとは知らなかったな」

大根の味噌汁をすすりながら、三郎太は満足そうな笑みを浮かべた。

「松次郎さんは別格だけど、弥助坊の腕も悪くない」

「いい味噌を使ってますから」

弥助は生真面目《きまじめ》に返事をする。

「ところで、兄ちゃんはこんな朝早くにどうしてうちへ？」

喜八が尋ねると、

「百助さんがうちにも来てさ。松次郎さんの行方に心当たりはないかって訊《き》いていったんだよ。その時、事情もぜんぶ聞かせてもらった」

困ったことになっていやしないかと心配になり、店が開く前に訪ねてくれたのだという。

喜八たちが佐久間町を離れた後も、三郎太はたまにおもんの家へ顔を出してくれていた。今でも時折、茶屋かささぎに客として立ち寄ってくれている。

「生憎《あいにく》、松次郎さんのことで力になれることはなかったんだけどさ」

三郎太は味噌汁の椀《わん》と箸を置き、喜八の目をじっと見つめて切り出した。

「喜八坊、ここを出て佐久間町へ戻ってこいよ」

「え……」

「さっきの嫌がらせ、ひどいもんじゃないか。佐久間町なら喜八坊たちにあんなことをする奴は一人もいない」

三郎太はきっぱりと言う。佐久間町では、大八郎の恩を感じている者もまだまだ多い。大八郎を直《じか》に知らない者でも話には聞いている。町の人は皆、今もかささぎ橋の恩恵を受けて暮らしており、町の外の人が三倉橋と呼ぶそれを、かささぎ橋と呼び続けているのだ。元町奴たちが役人に疑いをかけられたからといって、頭から信じる者などいやしないし、それを言いがかりに嫌がらせをするなどもってのほか。

滔々《とうとう》と語る三郎太の言葉を聞くうち、いつしか目頭が熱くなり、喜八は顔を上げていられなくなった。先ほどまで胸を覆っていた憤りとやりきれなさは、確かに今もある。だが、自分たちを丸ごと受け容《い》れてくれる人がいるありがたみの前では、取るに足らぬことのように思えてきたのも確かであった。

「兄ちゃん、ありがとうよ」

一呼吸置いてから喜八は言った。声が少し湿っぽくなってしまったのは致し方ない。

「その気になってくれたんだな」

と、三郎太はほっとした声で言った。

「お前たちが茶屋をやりたいっていうなら、やればいい。神田川沿いの茶屋もけっこう客が見込めるんだぜ」

「いや、佐久間町へ行くっていうことじゃねえよ」

喜八は顔を上げ、三郎太の目をまっすぐに見つめて言った。

「俺がこの店を任されてまだ数日なんだぜ。そりゃ、兄ちゃんには心配かけるようなとこ見られちまったけど、だからってここで尻尾《しっぽ》を巻いて逃げるわけにはいかねえ」

「その気持ちは分かるけどな、喜八坊」

三郎太はなおも説得しようとしたが、喜八はその前に口を開いた。

「親父だって、俺がそんなふうに逃げ出すのを喜びゃしねえよ」

「…………」

「それに、親父だったら、ここで逃げ出すと思うか」

「いや、親父さんなら……」

すぐに三郎太の口から出た言葉に、喜八は苦笑した。

「親父なら逃げずに踏ん張るところを、俺に逃げろって言うのはおかしいだろ」

「けど、喜八坊はまだ……」

「いつまで俺を餓鬼《がき》だと思ってるんだよ。俺はもう十七だし、俺に親父みたいに大きくなれって言ったのは、三郎太の兄ちゃんだろ」

喜八のその言葉に、三郎太は少し虚を衝かれたようであった。

「三郎太の兄さん、若のことは俺もしっかりお守りしますんで」

弥助が後押しするように言葉を添える。

「そうか。お前たちはいつも一緒だったもんなあ」

改めてしみじみと愛おしげな眼差《まなざ》しで、三郎太は喜八と弥助を交互に見つめた。

「分かったよ。お前たちが弱音を吐かないなら、俺に言うことは何もない。けど、佐久間町があるってことは覚えておいてくれ。お前たちにとって故郷《ふるさと》みたいなもんだと思ってくれれば嬉《うれ》しいよ」

「みたいなもんじゃなくて、故郷に違いないさ。俺だって弥助だって佐久間町で生まれ育ったんだから」

「そうか」

三郎太は湿っぽくなった声をごまかすように言い、急いで握り飯を頬張った。喜八と弥助も顔を見合わせた後、残りの飯を食べ始める。

そうして簡単な朝餉が終わり、弥助が淹《い》れた茶を飲んでいた頃、まだ店開きには間があるというのに、表が騒がしくなった。

「青物売りか、酒売りでも来たんでしょうか。いつもは路地裏へ回ってくれるんですが」

弥助が立ち上がって戸口へと向かう。そして戸を開けた途端、喜八と弥助の名を呼ぶ甲高い声が重なり合った。

「大丈夫なの、喜八さん」

「店に悪戯《いたずら》する悪党がいたんですって！」

「あたくしたち、弥助さんのお料理をいつも応援したいと思っていましてよ」

「嫌がらせなんかに負けるんじゃないよ」

若い娘もいれば、年増《としま》の女もいる。懸命に張り上げる女たちの応援の声に、喜八も驚いたが、三郎太は口をぽかんと開けていた。

「お前たちを見てくれてる人たちが、ここにもちゃんといるみたいだな。しかも全員きれいどころときた」

三郎太はあははっと声を上げて明るく笑い出した。

喜八と弥助が、駆けつけてくれた常連の女客たちに礼を言う姿を横目に見ながら、三郎太は安心した様子で帰っていった。

それから、喜八と弥助は急いで店の中を整え、いつもより早い時刻ではあったが、押しかけてきた女客たちを中へ招き入れる。

「あたし、おにぎり」「あたしはおいなりさん」「お汁粉《しるこ》二つとけんちん汁」――と、次々に入る注文を喜八が受け、弥助は急いで調理にかかった。

とにかく今は百助たちの知らせを待ちつつ、この茶屋をいつものように守っていくことだ。松次郎が帰ってきた時のためにも。

口に出さずとも、互いにその思いを分かち合い、喜八と弥助はその日も仕事にかかった。女客たちの応援もあってか、かささぎの客足が大きく鈍ることもなく、その日は無事に暮れた。ただ、応援してくれる人がいれば、目障りに思う人もいる。落書きの嫌がらせは翌日も続いたが、もはや淡々と紙を剝《は》がし、掃除をして暖簾《のれん》を出す時刻に備えるだけだ。

そうして二日が慌ただしく過ぎ去ったが、松次郎の音沙汰はない。

鬼勘と配下の同心たちが再び現れたのは、前回の探索から三日後のことであった。この日は狼藉《ろうぜき》を働くことはなく、店に入ってきたのも鬼勘一人だけで、同心たちは店の外で待機している。

鬼勘は店の中を睥睨《へいげい》し、他の客たちをげんなりさせた後、空いている席に座った。

「いらっしゃい。今日はおとなしくしてくださるんでしょうね」

喜八は鬼勘の席まで行き、挨拶する。

「今日は探索ではない。いや、探索も兼ねてはいるが、ちとおぬしに話もある。この店に、話のできる客間はないか」

鬼勘の言葉に、喜八は溜息《ためいき》を漏らしてみせた。

「御覧になればお分かりでしょう。ここは、お芝居の前や後に、ちょっと立ち寄って茶飲み話をするための小茶屋なんです。内密のお話をしたいなら、大茶屋へ行かなくちゃ」

「おぬしは今、大茶屋へ来られるのか」

「店を閉めるまでは無理ですよ」

「私とて、いつまでも待っていられるほど暇ではない」

鬼勘は憮然《ぶぜん》として言った。

「でも、うちの店の奥で話をするにしても、調理場を任せてる弥助以外に人がいないんですから、無理というもんです」

「ならば、今日は私がこの店を貸し切りにいたす。無論、金は払おう。いくらだ」

「貸し切りなんて商いはしたことがないんですけどね」

「これから入用になることもあろう。考えておいて損はあるまい」

まるで家臣に言って聞かせるような調子である。何さまのつもりだと言い返したくなったが、相手は旗本さまだったと思い直し、口をつぐむ。

「相談してきますんで、少しお待ちください。取りあえず、お茶をお持ちしますよ」

喜八は急いで調理場へ向かった。

「鬼勘が来たんですね」

貸し切りを迫られた話は聞こえていたというので、どうしたらいいかと喜八は問うた。

「あまり先例を作りたくありませんが、奴をこのまま帰すわけにもいきません。取りあえず、今いるお客さんがお帰りになったら貸し切りにするということで、暖簾は今から下ろしてしまいましょう」

弥助の言葉にうなずいた喜八は、鬼勘の茶の用意を頼むと、暖簾を下ろしに行った。外で待っている同心たちが睨みつけてくるのを無視して暖簾をしまい、再び戸を閉める。

それから鬼勘に貸し切りの条件を提案し、了解を得ると、茶を運ぶため調理場へ取って返した。

「若旦那、何かあったのかい？」

心配そうに声をかけてくる客の声に、何でもありませんよと笑顔で応じはしたが、鬼勘が店にいるというだけで、他の客に対する威圧となる。飲食を終えた客たちはさほど長居をせずに引き揚げていき、やがて店の中は鬼勘のみとなった。

調理場から、弥助が新しい茶を淹れて持参し、それまでの湯呑《ゆの》みと取り換える。

「ほう、気が利いているな」

鬼勘が薄く笑いながら言った。

「貸し切りですからね。他にも何かお出ししましょうか。甘いもの、辛いもの、お好みがあればどうぞ」

弥助が淡々と切り返す。

「ふむ。酒というわけにもいかぬからな。茶と一緒であれば、甘いものの方がよいが」

「甘いものですか」

弥助は少し考えるように沈黙した後、

「うずら豆と金時豆の甘煮ならありますが」

と、答えた。

「ああ、それをもらおう」

鬼勘は何やら楽しげに言い、弥助は淡々と注文を受け、小皿に豆を載せて戻ってきた。

「ふうむ、色男二人を並べての貸し切りなど、若い娘たちの反感を買いそうだな。いや、年増の恨みも買うかもしれん」

喜八と弥助を交互に見やりながら、鬼勘はにやにや笑っている。喜八はわざとげんなりした表情を作って、

「お暇がないとおっしゃってませんでしたっけ」

と、言い返した。

「まあ、そうやって立っていられても話しにくい。座ってくれ」

鬼勘の言葉を受け、喜八と弥助はその前に腰を下ろす。鬼勘は箸で豆をつまみながら、話を始めた。

「念のため確かめておくが、松次郎をかくまったりはしておらぬだろうな」

「先日、さんざん確かめたでしょう。何なら今日も探索してもらってかまいませんよ」

喜八が応じると、弥助がすかさず「散らかすのはもうご勘弁願いたいですがね」と続け

た。鬼勘は聞こえなかったふりをして豆を口へ運び、「ふむ。これは悪くない」と悦に入っている。豆を食べ終え、茶をすすると、

「おぬしたちももう承知しているのだろうが、伊勢屋の小僧乙松を捕らえた。賊を手引きした罪によるものだ」

と、鬼勘は真面目な表情に戻って告げた。

「ですが、肝心の賊はつかまってないんですよね」

「松次郎は行方をくらませてしまったからな」

「乙松は松つぁん、いや、松次郎の倅《せがれ》でしょ。他にも店はあるのに、どうしてわざわざ倅の奉公先から金を盗むんです」

喜八は鬼勘に目を据えて言った。

「倅の力を借りれば、事が楽に運ぶからだろう。倅はただ利用されただけかもしれぬがな」

「けど、松のあにさんと乙松は、父子の名乗りをしてないはずですよ」

と、弥助が落ち着いた声で切り返す。

「それは、こちらでも確かめた。この半年、松次郎と幾度か会ったと乙松は認めている。その際、伊勢屋の内情を訊かれてしゃべったともな」

鬼勘の言葉に、喜八と弥助は目を見交わした。松次郎と乙松が父子の対面をしていたと

は、これまで聞いたことのない話だ。初日に乙松が茶屋へ来た時も、調理場の松次郎とは目も合わせなかったし、第一、乙松の様子はこの店に実父がいると分かっているふうではなかった。

とはいえ、鬼勘も嘘《うそ》を言っているふうには見えない。鬼勘の言う通りであれば、あの日の乙松はすぐそばに父親がいると知りながら、知らぬふりをし通していたことになる。

「乙松は自分でも気づかぬうちに、伊勢屋の内情をしゃべらされたのだろう。されど、お裁きの場で取り沙汰されるのは、自覚があったかどうかではなく、盗みの片棒を担ぐという事実があったか、なかったかだ。今の段階ではあったと見なすより他にない。だが、松次郎がこのまま逃げ果《おお》せ、乙松一人が罰せられるのは釈然とせぬ。乙松は今のままでは死罪になるのだからな」

鬼勘の言葉に喜八は仰天した。

「待ってくれよ。乙松は十四歳だ。死罪は免じてもらえるはずだろ」

「本人もそう訴えているがな。しかし、伊勢屋も養い親も乙松は十五歳だと言う。それこそ、実の親が現れて動かぬ証《あかし》でも見せてくれぬ限り、どうしようもない」

「そんな……。中山さまには情けってもんがないんですか」

「はき違えるな。乙松は公には十五だ。そして十五は大人と見なされる。いちいち情けにとらわれていては、世は治まらぬ。法とは、世の泰平を守り抜くためのものだ」

鬼勘の物言いはまったく揺るがない。

「大江戸泰平でしたっけ。そのためにゃ、小は捨てるっていうんですか。人の情けは小さなもんだと――」

「情けで人を裁けるか。その都度、お裁きの中身が変われば、世は混乱する」

「だから、十六になったばかりの八百屋お七を、中山さまは火あぶりにしたんですか」

今言うべきことではないと、頭の片隅で声がしたが、動き出した口は止まらなかった。

鬼勘はわずかに目を見開いたが、その目の中に動揺の色が浮かぶことはなかった。

「好きに思うがいい」

鬼勘は落ち着いた声で告げた。

「法は情けに勝るのだ。されど、私自身が一片の情けも持たぬとは言わぬ。まして、乙松がまことに十四ならば、死罪は不当であるばかりか、哀れな話ともなる」

そこでいったん口を閉ざした鬼勘は、喜八の目をじっと見据えて、おもむろに口を開いた。

「ゆえに、松次郎が現れたら、すぐに知らせよ」

「俺たちに、松つぁんを売り渡せって言うんですか」

喜八は鬼勘の前に身を乗り出すようにした。鬼勘もまた、喜八を鋭く睨み据える。

「おぬしは松次郎がやっていないと信じているのだろう。やっていないのなら、私の前に姿を現したところで何を恐れることがある」

「中山さまは松つぁんを捕らえるんでしょう？　松つぁんは前に無実の罪でつかまったことがあるんですよ」

「そのことは私も知っておるが、無実と明らかにされたではないか」

「お役人が何とかしてくれたんじゃありません。俺の親父が懸命に動いたと聞いています」

「なら、おぬしも松次郎のために動いてやったらどうだ？」

どことなく挑発するような物言いに、「ああ、そのつもりだよ」と言い返しそうになった時、鬼勘は表情を改めた。

「いったんは捕らわれることになったとしても、無実ならばお裁きの場で明らかにすればよかろう。無辜《むこ》の者を罰しようとは誰も思わぬ。いずれにしても、松次郎が出てこぬ限り、乙松への疑いを晴らしようがない」

それを言われると、喜八としても松次郎を渡さないと言い張るわけにはいかなくなる。いずれにしても、松次郎が姿を隠しているという状況が誰の得にもなっていないのは明らかだ。

（つまり、松次郎を見つけたいっていう俺たちと鬼勘の思惑は同じ。こいつは遠回しに手を組もうと言ってるんだな）

もちろん、役人の側からそんな話を持ちかけるわけにはいかないだろうが……。しかし、それならそれで、もう一歩踏み込み、鬼勘を利用するという手もないわけではない。

喜八は鬼勘と対峙《たいじ》したまま頭をめぐらせると、表情を改めて口を開いた。

「分かりました。俺たちが松つぁんを見かけたら、中山さまのもとへ行くよう勧めますよ。俺の言うことに逆らいはしないと思います」

「そりゃあ、おぬしは松次郎の大恩人の倅だからな」

と、鬼勘が幾分揶揄《やゆ》を含んだ声で言った。

「で、手を結んだ誼《よしみ》で、俺からもお願いがあるんですよ」

「おぬしなぞと手を結んだ覚えはない」

鬼勘は急に鼻白んだ表情になる。

「何言ってるんですか。こっちに助力を申し出て、俺が承知した。こういうのを同じ穴の狢《むじな》って言うんでしょ」

「せめて、持ちつ持たれつと言え」

果敢に言い返したものの、声に先ほどまでの力強さが欠けている。それでも、これだけは言わねばと思うらしく、

「忘れるな。私は町奴と馴《な》れ合うつもりはまったくない」

と、鬼勘は付け足した。

「そちらこそ忘れないでください。俺は町奴じゃありません」

　鬼勘は一瞬、きまり悪そうな眼差《まなざ》しになったものの、

「まあ、そこまで言うなら、おぬしの願いとやらを申してみるがいい」

　と、真面目な顔つきになって告げた。

「乙松と話をさせてください」

　喜八が言うと、鬼勘は目を剝いた。横顔に弥助の眼差しを強く感じるが、袖を引かれることもないため、このまま好きに進めさせてくれるということだ。喜八は乙松が店へ来たことについて正直に打ち明け、自分たちは顔見知りだと訴えた。

「今さら乙松に会って、どうしようというのだ」

「乙松の口から聞きたいんですよ。松つぁんと会って話をしたっていうなら、その時のことなんかをね」

「乙松を手なずけるつもりか」

　鬼勘は疑わしげな眼差しを喜八に注いできた。

「俺が手なずけて、何か都合の悪いことでもあるんですか」

「悪知恵でも授けられては困るからな」

　と、鬼勘が言葉を返す。

「根拠もなく、善良な民を疑われちゃ困りますね」

余裕の出てきた口ぶりで、喜八がすかさず言うと、鬼勘は渋い顔つきになったものの、その後しばらく考え込む様子になった。それから心の折り合いをつけたらしく「まあ、何とかしてやろう」と言い出した。

「ありがとうございます」

こうして、喜八は鬼勘に、乙松と会う段取りをつけてもらうことになった。

二

乙松との対面は、牢屋敷《ろうやしき》の一間で四半刻（約三十分）ほどだけだと鬼勘から言われ、喜八は承知した。対面の席に役人は付き添わないこと、弥助も同伴させることについては、いささか躊躇《ちゅうちょ》されたものの、結局は鬼勘の承諾を得られた。

「そうとなれば、今日これからがよいだろう」

と、鬼勘は言う。今日はすでに鬼勘の貸し切りということで暖簾を下ろしていたから、この後の暇もある。

「話は通しておくゆえ、伝馬町《てんまちょう》へ行け」

伝馬町の牢屋敷は知っている。もちろん立ち入ったことはなかったが、父の大八郎が八年前に捕らわれた際、入れられていたのもこの伝馬町の牢屋敷だったはずだ。

　鬼勘が店を出た後、喜八は弥助と伝馬町へ向かった。

「お前、牢屋敷について、くわしく知ってるか」

　道すがら、喜八は弥助に問うた。

「くわしいってほどじゃないですけど」

　弥助は控えめながら、無駄のない口ぶりで語り出す。

「牢屋敷の主は牢奉行の石手帯刀《いしでたてわき》さまというそうです。屋敷地の中には石手さまの屋敷の他、牢屋同心などの住まい、そして獄舎があります」

　獄舎は捕らわれた罪人の住まいだが、身分によって場所も扱いも違っていた。身分の高い武士や高僧は揚座敷《あげざしき》や奥揚屋に、町人や百姓は大牢に入れられるという。この大牢には牢名主《ろうなぬし》がいるらしい。

「それじゃあ、乙松は大牢に入れられてるんだろうな」

　喜八の問いに「おそらくは」と、弥助は答えた。

「子供の扱いがどうなのかは知りませんが、乙松は表向き十五歳ですから、大人と同じに扱われているのではないでしょうか」

　新しく牢入りした罪人が牢屋の中で大事にされているとは思えない。目に余るほどのいじめがあれば、さすがに牢役人が何とかしてくれるだろうが、それでも長く耐えられる暮らしではないだろう。時が経《た》てば、お裁きが下され、乙松は死罪と決まってしまうかもしれない。

（松つぁんの倅をそんな目に遭わせてたまるか）

そうなる前に、何としても松次郎を見つけ出し、乙松を助けた上で、松次郎の無実も晴らさなければ――。

いずれにしても、真犯人はどこかにいる。鬼勘たち役人連中は松次郎を犯人と決めつけ、真犯人のことなど頭にないようだが……。

（そんなら、俺たちの手で松つぁんを助けてやらなきゃならねえ）

八年前、父の大八郎は松次郎を助け、生かした。その松次郎の人生をこんなところでつまずかせるわけにはいかない。

そう思いを強くしながら歩むうち、やがて、京橋、日本橋の賑《にぎ》やかな界隈《かいわい》を抜け、二人は伝馬町へ入った。木挽町から四半刻余りもかかったろうか。鬼勘からの知らせもすでに牢屋敷の方に伝わっているだろう。

牢屋敷の場所は間違えようもない。町屋の中に異様とも言える頑丈な土塀が現れ、それと知らせてくれる。その周辺には堀まであり、外見は非常に由緒ある屋敷のようであった。

一瞬、親父が死んだのはここの中なのか、という感慨に襲われたが、今は乙松のことだと、喜八は気持ちを切り替える。

屋敷の門へ回ると、二人の門番が厳《いか》めしい様子で立っていた。一人はいかにも頑丈そうで、もう一人は身の丈六尺（約百八十センチメートル）もありそうな長身である。

弥助が進み出て、鬼勘の名を出し、用向きを伝えた。

「まことに、おぬしらが中山さまのお声がかりの者であると？」

屈強そうな門番が露骨に疑わしげな目を向けてきたものの、話が通っている以上、詮索はされなかった。門内へ入ると、すぐに案内役の者が現れ、付いてこいと言う。

門を抜けたすぐの場所はやや広めの空き地であったが、右を見ても左を見ても板塀の仕切りばかり。その奥は獄舎かと思われるが、中はよく見えない。気を取られていたら、

「余所見《よそみ》をするな」と案内役に厳しく言われた。

やがて、板塀と板塀の狭間《はざま》に木戸が現れた。それを通り抜け、また板塀に沿っていくと、生垣《いけがき》で囲まれたなかなか立派な佇《たたず》まいの建物が見えてくる。石手帯刀の屋敷であろうか。

その生垣沿いにさらに進み、また戸を抜けると、塀のない小ぶりの建物があった。

喜八と弥助はその中の一室へ通された。道具も座布団も置かれていない殺風景な板の間である。

しばらく待つようにと言い置いて、案内役が出ていった後、立て続けに悲鳴とも雄叫《おたけ》びともつかぬような声がした。建物の外から聞こえるようで、耳をそばだてると、

「拷問《ごうもん》が行われているようですね」

と、弥助が言う。

「拷問か……」

想定していなかったので、喜八は少し驚いたが、

「そういう所ですから」

と、弥助は顔色一つ変えない。その後も、悲痛な叫び声や、断末魔かと思える声が混じって聞こえ、喜八の気分をかき乱した。

「ここは、簡単なお調べをするための部屋なのかもしれません」

とも、弥助は言う。確かに、あの拷問の声を聞かされながら尋問すれば、自白を引き出すのもやりやすかろう。

そんなことを話しているうち、先ほどの役人が小柄な少年を連れて戻ってきた。

「伊勢屋の小僧、乙松との対面で間違いないな」

と、役人が喜八たちに問う。

「間違いありません」

と、喜八は答えた。

「同席は控えよとお達しがあるゆえ、ここは出ていくが、戸のすぐ向こうに控えておる。この建物の戸口にも見張りはおるゆえ、ゆめゆめ不埒《ふらち》なことは考えぬように」

役人から目を向けられた乙松は、無言で顎《あご》を引いた。その途端、拷問に苦しむ男の叫び声が聞こえてきて、乙松は体をびくっとさせた。現れた時から無表情で、まるで生気を失

っていたその目が、今は恐怖に揺れている。

役人は乙松を置いて、部屋を出ていった。

「まあ、座れよ」

突っ立ったままでいる乙松に、喜八は言った。乙松は喜八と弥助を交互に見つめ、無言で二人の前に正座した。

「木挽町のかささぎさん……ですよね」

乙松はおずおずした調子で訊く。

「ああ。そうだけど、お前の親父さんと俺たちの関わりは知ってるのか」

喜八が改めて問うと、乙松は首を横に振った。喜八と弥助は顔を見合わせた。

「お前が松次郎という親父さんと会ってたって、お役人から聞いたけど」

「はい。その通りです。去年の七月の藪入《やぶい》りの時から何度か」

「なのに、親父さんの勤め先を知らなかったのか」

「お父つぁんは自分のことはあまり話さないで、俺のことばかり訊いてきたんです」

その態度は不自然には見えず、乙松も気にならなかったという。

「お前の親父さんはかささぎで働いてたんだよ。あの茶屋の料理人としてな」

「そうだったんですか」

本当に知らなかったらしく、乙松は目を見開いていた。

「定吉さんに二回ばかし連れてってもらったあの茶屋に、お父つぁんがいるとは知りませんでした。顔も見なかったし」

「ま、料理人は奥にいるもんだからな」

「親父さんがかささぎ組っていう町奴の一味だったことは？」

「それは知ってました。店の名前が一緒だなとは思いましたけど」

「店の名はそこから採ってるんだよ。俺は親父さんが入ってたかささぎ組の組頭《くみがしら》の倅で、喜八。こいつは弥助といって、こいつの親父もかささぎ組の仲間だ」

「……そんなことは、ちっとも」

乙松はうつむいて唇を嚙《か》み締めた。

「それじゃあ、連れの定吉さんって人も知らなかったのかな」

とぼけて訊くと、「当たり前じゃないですか」と乙松は顔を上げ、むきになった。

「俺のお父つぁんが町奴だったってことは、伊勢屋の人には言ってなかったんです。あの事件の後、皆に知られちゃったけど……」

「正直に話さなかったのは、知られたら白い目で見られると思ったからか」

「それもあるけど……」

乙松は喜八から目をそらし、言いにくそうにしながらも先を続けた。

「養い親に絶対しゃべるなって言われてたんです。しゃべったら奉公の話そのものが壊れてしまうかもって思ったから、俺も気をつけていました」

「そうか。それは間違ってはいねえと思うよ」

　喜八は静かな声で応じた。

「けど、親父が町奴だからって、倅が悪党になるわけじゃねえし、元町奴だからって罪を犯すわけでもねえ」

　乙松の眼差しが喜八のもとへ戻ってくる。だが、その口は閉じられたままであった。

「お前は何も悪いことしてねえんだろ」

「……してません」

　掠《かす》れた声で乙松は言う。

「松つぁんも……お前の親父さんも悪いことはしてねえと俺は信じてる」

「でも、お父つぁんは行方知れずなんですよね」

　訴えかけるように言う乙松の表情は、苦悩の色に染まっていた。

「そうしなきゃならねえ理由があるはずだ。俺はそれを知りたい。お前と親父さんを助けるためにもな」

「俺はこのままじゃ死罪になるんです。本当は十四なのに」

「ああ、その話も聞いてるよ。だから、親父さんは絶対に見つけなくちゃならねえ」

　乙松の必死の眼差しから目をそらさずに言うと、乙松はこくんとうなずき返した。

「親父さんの行きそうな場所に心当たりはねえか」

乙松は少し考え込んだが、やがて首を横に振る。それなら、松次郎とこれまで一緒に行った場所を教えてくれと頼むと、これにはすらすら答えが返ってきた。

去年の藪入りの日、再会を果たした浅草寺《せんそうじ》界隈《かいわい》に始まり、四月《よつき》余りの間、日本橋や上野の食事処や茶屋など巡り歩いたそうだ。ただ、どれも人通りの多い場所が多く、立ち寄ったのもありきたりの食事処や茶屋ばかりであった。

「そういや、神田には行かなかったのか」

かつて暮らしていた神田佐久間町に行っても不思議はなさそうだが、それはなかったという。今、松次郎が暮らしている神田松永町に立ち寄ることもなかったそうだ。

「お前、実の親父さんが元町奴ってこと、内密にしてたのなら、親父さんに再会したなんて話も、店の人にはしなかったんだな」

最後に確かめると、乙松は素直に「はい」と答えた。

「藪入りの日は、養い親の家へ帰ったってことにしてました。養い親にいちいち確かめる人もいませんし」

「あの定吉さんって人にもか」

「はい。定吉さんは伊勢屋での世話役だったんです。だから、いつも俺の面倒を見てくれて……」

世話役とは、奉公に上がってすぐに付けられる指導者のようなものらしい。奉公の心構えや仕事の基本を教えてくれたり、悩みごとの相談に乗ってくれたりもするという。

「旦那さんと番頭さんからは、定吉さんを兄さんと思えと言われました。本当に面倒見のいい人なんです。だから、定吉さんには、養い親が冷たかったってことも話していて」

「なら、藪入りの話だって、お前が嘘を吐《つ》けばすぐにばれちまったんじゃないのか」

「そこは気をつけました。下手な作り話はしない方がいいと思ったから、お父つぁんとどこそこへ行ったってのは、ありのままにしゃべったんです。実のお父つぁんだってことだけは黙ってましたけど。だから、定吉さんは養い親の熊之助の話と思って聞いていたはずです。誤解されてるって分かってましたけど、俺はあえて正しませんでした」

主人夫婦や番頭も、藪入りの日には養い親の家へ帰っていると信じていたらしい。

それから、養い親との関わり、伊勢屋の人々との関わりについて、乙松からくわしく聞き出したところで、戸が開いた。「もう終わりだ」と告げる役人に腕をつかまれ、乙松は肩を押されて部屋を出ていく。

「必ず親父さんを見つけて、お前をここから出してやる」

乙松の背に喜八は力強く請け合った。乙松が振り返って口を開きかけたが、「早く歩け」という役人によって遮られてしまう。

返事は聞けなかったが、乙松の切実な眼差しを喜八はしっかりと受け止めた。

「あいつを死罪になんかしてたまるか」

強い決意を口にすると、

「次は、伊勢屋へ行くんでしょう？」

と、弥助が間髪を容れずに言う。

「そうだ。もたもたしてられねえ」

喜八は己を奮い立たせるように言うと、すぐ立ち上がった。

三

来た道を戻る形で、喜八と弥助は日本橋の伊勢屋へ向かった。場所は知らなかったので、道行く人に尋ねたところ、その名の通り、伊勢町《いせちょう》にあるという。呉服屋と両替商を営む越後屋《えちごや》が店を構える駿河町《するがちょう》や、上方から繰り出してきた大店《おおだな》が軒を連ねる本町《ほんちょう》の賑やかさには及ばないが、米問屋や薬問屋、茶問屋などが軒を連ね、人の行き来も多い。質屋の伊勢屋は間口二間、中二階の店構えであった。

質屋といっても、ふつうの金貸しも行っているのだろう。上層の武士を相手に大口の貸し付けを行う両替商ほど大きくはないが、丸きりの庶民を相手にする百一文《ひゃくいちもん》や烏金《からすかね》ほど小口の商いでもない。おそらくは、その中間層を相手にする店らしく、喜八と弥助が中へ入った時、番頭と見える男が相手にしている客は二本差しの侍であった。

何やら揉《も》めている様子で、聞こうとしなくても会話が漏れ聞こえてくる。どうやら返済ができないところへ、さらに借金を申し入れている状況らしい。番頭の方は丁重な口ぶりながら断ろうとしているのだが、侍は質を入れているのだからもっと金を出せと迫る。

「何度も申し上げておりますように、いったん金をお返しいただいた後のお話であれば、うちとしても応じぬわけではございませぬ。しかし、これまでの金は返せぬというのであれば、別の質を入れていただきませんと……」

「何を申すか。先だって、唐渡《からわた》りの茶器を質に入れた。あれは、金にすれば……」

「ですので、できるだけのことはさせていただきました。とはいえ、うちは大店の両替商とは違い、言われるままにお貸ししておりましたら、店が潰れてしまいます」

「おぬしはいつもそれを言うが、この店は先だって五百両も盗まれたと聞いたぞ。そうやって貯《た》め込んでいるから狙われるのであろう」

盗まれたのは百両ではなかったのか、と喜八が耳をそばだてたところ、

「いえ、それは額が違っておりますが」

と、すかさず番頭が間違いを指摘した。

「ならば、いったいいくら盗まれたのか」

もっと額が大きいのかと、侍は別の方向へ想像を働かせ、目をぎらつかせている。番頭

は溜息混じりに首を振り、盗難の件については口を開くなと申し付かっていると述べた。

「いずれにしても、それだけの金がこの店には余っていたということであろう」

「余ってなどおりませぬ。うちは物を商うのではなく、金そのものを扱うのでございますから」

客の侍と番頭の言い分は噛み合っていないのだが、侍にあきらめそうな気配はない。

(金が絡むと、人は変わるっていうが……)

体面を重んじる侍でも、ここまで金に執着するものなのか。

そうするうち、「失礼いたしました、お客さま」と、乙松と同い年くらいの小僧が慌てて近付いてきた。

「あ、俺たちは金を借りに来たわけじゃないんだけれど」

喜八が断ると、小僧は虚を衝かれた表情を浮かべたものの、

「かしこまりました。御用の向きはひとまずあちらで」

と、奥の部屋へと案内してくれる。

「騒がしいところでお待たせして、申し訳ありませんでした」

喜八と弥助が履物を脱いだところで、小僧は頭を下げた。それから四畳半ほどの部屋へ通され、用向きを訊かれたので、

「できれば、旦那さんか番頭さんと話がしたいんだ。中山勘解由さまのご意向なんだが」

と、喜八は答えた。鬼勘がそうしろと言ったわけではないが、ご意向を忖度《そんたく》したということで、あながち嘘っぱちでもないだろう。さすがに中山勘解由の名は伊達《だて》ではなかったようで、小僧は背筋をぴんと伸ばし、緊張した表情を浮かべた。

「番頭はただ今、手が離せませんので」

小僧は申し訳なさそうに言い、主人に訊いてくると言い置き、部屋を後にした。少し待っていると、鬼勘の名が功を奏したらしく、四十路ほどの羽織を着た男が現れた。

「あたしがこの店の主で、吉左衛門《きちざえもん》といいます。中山さまのご意向でいらしたということですが」

「俺たちは木挽町で芝居茶屋をやってまして、乙松さんの父親に料理人として働いてもらってたんです」

松次郎との現在の関わりを正直に話すことは、ここへ来る前に、弥助と相談して決めておいた。

「おたくが雇い主だって？」

まだ若い喜八に、吉左衛門は驚きの目を向けてくる。

「いえ、茶屋の主人は俺の叔母《おば》なんですが」

「なるほど。それで、乙松の父親ってのはお尋ね者の町奴のことですな」

役人たちから聞かされ、事情は知っているらしい。

「いえ、お尋ね者ではありません。町奴だったのも前の話で、今は茶屋の料理人なんですよ」

喜八は言い直したが、吉左衛門の耳は素通りしたようであった。

「おたくも騙《だま》されていた口なんでしょ。大方、元の素性を隠して入り込まれたのですな」

哀れむような目を向けられた時、「そうじゃない」と言い返しそうになったが、袖を弥助に引っ張られて喜八は思いとどまった。

「こちらでは、乙松の素性を知らずに雇ったことを悔いておられるのですね」

喜八に代わって弥助が問うと、伊勢屋は憤然とした表情で口を開いた。

「そりゃそうですよ。親元がしっかりしている家からしか、うちは雇わない。金貸しをやっているんですからね」

「うちの料理人はともかく乙松は町奴じゃありません。それでもいけませんか」

「いけませんよ。その証に、うちの金に目をつけて賊の親父を引き入れた。あたしも女房も乙松のことはかわいがってやっていたんです。それなのに、恩を仇《あだ》で返されて、まったくいい笑い者だ」

「しかし、手を組んでいたのなら、親子そろって逃げるでしょう。乙松が置いていかれたのはおかしくありませんか。中山さまもそこが解《げ》せないようでございましたが」

「それはあたしも聞きましたよ。けど、子供なら重い裁きにならないだろうって考えたのかもしれない」

「乙松は十四歳だと言っているそうですが」

弥助が問うと、吉左衛門は忌々《いまいま》しそうに眉を寄せた。

「そうらしいですがね。あたしは十一歳と聞いて、あれを雇い入れた。今年で四年目になるのは間違いない」

「その時から、一つさばを読んでいたとは考えられませんか」

弥助はあくまでも冷静に言葉を返す。

「養い親だって、十五歳と認めたと聞きましたけどね」

刺々《とげとげ》しい口ぶりで、吉左衛門が言った時、

「十五歳なら死罪になるんですよ」

と、喜八は声を大きくした。

「乙松は罪を認めてないそうです。本人の言う通り十四歳だったなら、無実の子供が死罪になってしまうことにもなりかねません」

喜八が畳みかけると、吉左衛門はさすがに苦い表情を浮かべた。

「そうだとしても、あたしは養い親から、当時十一歳と聞きましたのでね。嘘は言えませんよ」

それまでとは異なる、力の抜けた声で呟《つぶや》き、吉左衛門は溜息を吐いた。

「うちが受けた被害はね、金だけじゃないんですよ。世間じゃ、阿漕《あこぎ》な商いをして金を儲けたからあんな目に遭ったたって陰口を叩かれ、お客にまで足もとを見られるようになった。ご丁寧に『業突く張り』だの『天誅《てんちゅう》』だのと、落書きを貼り付けていく連中さえいる。そういう悪い評判ってのがね、商いには大きく響くんですよ」

喜八は先ほど店で見せられた侍の横柄な態度を思い返し、茶屋かささぎが受けた嫌がらせを思い浮かべた。世間の誤解や思い込みに対し、真実を訴えていく難しさは分からぬわけではない。

「ご不快にさせてしまい申し訳ありません。お店のこと、お察しします」

喜八がすぐに謝ると、弥助も傍らで「すみません」と頭を下げた。さらに、

「私どもは今さっき、牢屋敷の乙松に会ってきたばかりなんです。そこで無実だって言うのを直に聞かされたもので、気がはやっていまして」

と、弥助は言葉を重ねた。それを聞くなり、

「……そうでしたか。乙松は無実だと言い続けていましたか」

と、吉左衛門はしんみりした表情になる。

「あたしは乙松が本当にやっていたなら、ちゃんと裁かれてほしいと思います。けど、やってない罪で裁かれてほしいなんて思っちゃいない」

気持ちを整理するような調子で呟くと、吉左衛門は居住まいを正して切り出した。

「中山さまのご意向でいらしたということでしたな。あたしは何をすればいいんですか」

「お役人は今、うちの料理人を追っているところです。その居場所について手掛かりをつかんでこいと、中山さまからは言われておりまして。取りあえず、乙松のことをよく知っている人に話を聞きたいのですが」

喜八が言うと、吉左衛門はうなずいた。

「なら、世話役だった手代《てだい》を来させましょう。あたしや番頭より、あれのことをよく知っているはずです」

吉左衛門はそう言って、先に下がっていった。やや経ってから現れたのは、喜八たちも顔を知る定吉であった。

「こんなところでお目にかかることになりましょうとは」

定吉は喜八たちの前に座り、改まった様子で頭を下げた。喜八と弥助はそれぞれ名乗り、乙松の父松次郎との関わりから鬼勘と交わした取り引きまで、隠さず語った。

「けど、松次郎が何者かってことを、定吉さんは事件の前から知ってたんじゃないかって、俺は思ってるんです。乙松は何も知らなかったみたいでしたけどね」

続けて喜八が言うと、定吉は黙って喜八を見つめ返した。

「実は俺、こないだ、うちの店へ来てくれた日、定吉さんと松次郎が外でこそこそ話をしてるの、見てしまったんです」

「そうでしたか」

定吉は慌てた様子もなく、静かに応じた。

「確かに、私と松次郎さんは知り合いでした。もちろん、乙松の実の親父さんだと知っていましたし、だから、乙松をあの店に連れていったんです。ただ、乙松にそのことは話していません。松次郎さんから内緒にしてくれと、必死に頼まれてましたから」

「どういう知り合いだったんですか」

「乙松と仕事で外へ出ることが何度かあったんですが、こっちの様子をうかがっている男がいたんです。それが松次郎さんでした。その、松次郎さんって見た目がちょっと怖いといいますか、私も心配になりましてね。乙松を先に行かせ、松次郎さんに声をかけたんです。乙松のためだと、怖いのをこらえ、勇気を振り絞りました。実際の松次郎さんは控え目だし、怖い人ではなかったんですが。そんなわけで事情を聞くことになったんです。実の親父さんだってことも含めてね」

松次郎は、余所ながら倅の様子を見ていたいから、気づかぬふりをしてほしいと懇願したという。乙松と養父母の折り合いが悪いことを知っていた定吉は、松次郎と乙松を哀れに思い、松次郎の頼みを聞き容れた。その上で、二度ばかり、松次郎のいる店へ乙松を連れていくという親切心も発揮した。

先日、茶屋の裏庭で話していたのも、松次郎からその礼を言われただけだという。

「乙松は昨年の藪入りから、実の父親に会っていたと役人に証言したそうですが、その話は聞いていましたか」

「それは、乙松からじゃなくて、お役人から聞かされました。いえ、去年の藪入りの時はやけに嬉しそうにしてましたんでね。実家はどうだったかって訊きました。養い親とうまくいってないことは聞いていましたから、心配してたんです。そしたら、お父つぁんとどこそこへ行ったって、にこにこしながら言うものですから、てっきり養い親との仲がうまくいくようになったんだとばかり」

定吉の話は、先ほど乙松から聞かされた話と、どこも矛盾していなかった。

その時、弥助が口を開いた。

「定吉さんは、乙松が町奴の倅だってことも実は知ってらした。乙松は隠してたつもりだったみたいですがね。そして、乙松が知らない実の父親の居場所も知っていた。それを誰かに話したことはありましたか」

「ありませんよ。松次郎さんのことは乙松にも黙ってたんですからね。松次郎さんの必死の頼みごと、そして乙松自身が必死に隠そうとしていた思い、それらを踏みにじるような真似は私にはできません」

「では、伊勢屋に盗みが入った時、真っ先に乙松を疑いましたか。あるいは、松次郎が犯人ではないかと思いませんでしたか」

「乙松を疑うわけないでしょう。乙松がつかまって驚いたのは私も同じです。松次郎さんについては、会ったのも数回ですからね。初めから疑っていたわけではありませんが、乙松を利用して伊勢屋の内情を調べていたと聞かされた時には、ああそうだったのかと納得はしました。あの人もやはり元町奴、恐ろしい人だったんだなと」

乙松の関与についてはともかく、松次郎が犯人だということについては、定吉も疑っていないようであった。

「ここの旦那さんは、乙松に裏切られたと思っている様子でしたね」

先ほどの吉左衛門の態度を思い起こして喜八が呟くと、定吉は「無理もないんです」と返した。

「うちの店、前に旗本奴のお頭《かしら》に金を貸していたんですが、踏み倒されちまったことがありましてね」

それ以来、主人夫婦も番頭も、旗本奴とか町奴とかいう連中には、強い不信感と憎しみを抱いているのだそうだ。定吉は当時、小僧として伊勢屋へ上がったばかりであったが、旗本奴と町奴数百人が一斉に捕らわれた騒動は覚えているという。

伊勢屋が金を貸した相手は旗本の次男坊だったが、当初は、仮に本人が返せなくとも親の旗本に払ってもらえばよいと、高をくくっていたそうだ。お殿さまは体面を考えて、借金を踏み倒したりはしないだろう、と。ところが、公儀による徒党の大弾圧によって、その目論見《もくろみ》は見事に外れた。借金をした当人は捕らわれて、どこぞの藩へお預けとなり、旗本の家そのものも取り潰されてしまったという。

「結局、取りはぐれた金は涙を呑《の》むしかなかったんです」

そのこともあって、もし乙松が町奴の倅と分かっていれば、店へ奉公させることはなかったはずだ。だからこそ、素性を隠していたことへの不信感も強いという。

「私だって、乙松が悪事に関わったなんて信じたくない。この気持ちは本心からのものです。でも、乙松は実の親父さんに会ってたことを、この私にも黙っていた。そのことを知って、私もまた――」

定吉はいったん口を閉ざすと、喜八と弥助の目をじっと見つめた。

「乙松から裏切られたような気持ちがしたのは、事実なんですよ」

瞬《まばた》きせずに告げた後、寂しそうに目を伏せた定吉を前に、喜八も弥助も言葉を返すことはできなかった。

四

定吉から話を聞いた後、伊勢屋を出た喜八と弥助は、ひとまず今日の出来事をおもんの耳に入れておくことにした。家へ訪ねていくと、

「こんな時刻にやって来るなんざ、店を早じまいしたのかい？」

と、いきなり厳しい目を向けられたが、鬼勘がやって来たところからの経緯を話すと、おもんの表情も変わった。

「乙松に会えたのはよかったねえ。鬼勘も使い方次第で役に立つってもんだ」

大それたことを言うもんだと思ったが、振り返れば自分もおもんと同じことを考えて行動したのである。牢屋敷や伊勢屋でのことを語り終えた喜八は、

「ところで、松つぁんの探索の方はどうなってるんだ？」

と、続けて問うた。

「毎日、誰かしらが知らせに来てくれるんだけれどね。松次郎の足跡を見つけてきたもんはいないよ」

おもんは溜息混じりに言う。

「松つぁんがかささぎ組へ来る前の知り合いとかは、分かってるのか」

「そこは、百助が抜かりなく手配して、皆に調べさせているよ」

旗本奴の手下だった頃の知り合い、また乙松の亡くなった母親の縁者などもたどっているそうだ。

「けど、江戸を離れたとか、行方の分からない者も多くてね」

松次郎を手下にしていた旗本奴の若さまは、例の徒党弾圧の際、謹慎の身となり、どこ

ぞへお預けとなった。旗本家が取り潰しになったという話は、伊勢屋の借金を踏み倒した旗本奴の家と同じ顛末《てんまつ》である。

「その当時、松次郎と同じように、若さまの手下だった中間《ちゅうげん》や小者《こもの》たちも、散り散りになっちまっててさ」

おもんは言った。

追える限りは追っているそうだが、その連中を松次郎が頼った見込みは低いだろうと、

「どんな理由があるにしてもさ。松つぁんはどうして乙松を連れていかなかったんだろうな」

喜八は首をひねりながら呟いた。

「そうですね。俺もそこが分かりません」

と、弥助が喜八の考えを後押しする。

「俺の親父や定吉さんの話によれば、松のあにさんは乙松のことをとても気遣っていたそうです。乙松も気を許していたみたいだし、あにさんが声をかけりゃ、乙松は付いていったと思うんですが」

「そうだよ。まして、乙松は十五歳と届けられてるんだ。十両盗めば死罪になることくらい、松つぁんだって乙松だって知ってただろうに……」

松次郎が姿を消したのは、自分が疑われると踏んでのことなのだろう。無実の罪を着せ

られる恐れを察知し、真犯人がつかまるまで鳴りを潜めていようと考えたのかもしれない。そこまで予測できる松次郎なら、乙松が共犯の疑いをかけられることも考えのうちにあったろう。それでも、乙松を連れ出さなかったのは、父子二人の逃亡生活を秤《はかり》にかけて、放っておいた方が安全だと考えたからではないか。

「なあ、十四歳ならさ、仮に共犯ってことでお縄になっても、命は助けられるんだよな」

喜八はおもんと弥助の顔を交互に見ながら問うた。

「そうだね。いちばん重くても島流しで済むだろうよ」

おもんが答え、その言葉が終わらぬうちに、弥助の口から「まさか」と声が漏れる。弥助の眼差しに喜八はうなずいてみせた。

「松つぁんは倅が十四歳だと知っている。当たり前だ、実の親なんだからな。けど、養い親がさばを読んで奉公に出したことまでは知らなかったんだよ」

再会した後、乙松自身がしゃべっていない限り、松次郎は知らぬままだったろう。話の中身は乙松と養い親が奉公先の伊勢屋を騙したとも取れるものだ。後ろめたい気持ちを持っていた乙松が話さなかったことは十分に考えられる。

「つまり、倅は十四歳だから死罪にはならないと、松次郎は踏んでたわけだね」

おもんの言葉に、喜八はうなずいた。

「ああ。松つぁんが乙松を連れていかなかった理由はそれじゃねえかな」

「だったら、松のあにさんは、乙松が死罪になりかけているとは知らないままで、身を潜めていることになりますね」

弥助が難しい顔になって言う。

「ああ。最悪、真犯人がつかまらなくて、乙松が島流しってことになっても、その時に救い出せばいいと考えてるだろう」

そうやって身を潜めている松次郎の耳に、乙松が十五歳にされてしまったという話が届けば、どうだろう。松次郎は倅を放っておかないのではないか。

「まさか、お前、それを餌に松次郎をおびき出そうっていうのかい？」

おもんが喜八の顔をのぞき込んで尋ねた。

「といって、乙松は十五歳でしたなんて、町中で触れ回るわけにもいかねえだろ。だったら、十五歳の乙松が死罪に決まったって話ならどうだ」

「そんな話を町中に振りまくのかい？　お裁きが下る前に勝手に触れ回ったりしたら、あの鬼勘に目をつけられるだけだ」

「だったら、鬼勘を巻き込んじまえばいい」

あの鬼勘をここ以上にうまく使える場所などない。問題は鬼勘が承知するかどうかだが、松次郎を捕縛《ほばく》できずに焦っているのは間違いなく、話に乗る見込みは高いと、喜八は踏んでいた。

偽の立札などは論外だろうが、岡っ引きが噂《うわさ》を振りまき、役人たちがそれを否定さえしないでくれれば、話はもっともらしく広がっていくだろう。どこかに隠れ潜む松次郎の耳に入りさえしてくれれば——。

「けど、喜八」

おもんに呼ばれ、喜八は目を合わせた。めったに見せることのない不安げな色が面長の顔に刷《は》かれている。

「それは、松次郎を嵌《は》めることになるんだよ。お前、そのことをちゃんと分かってるんだろうね」

叔母は痛いところを衝いてくる。さすがは何事も真《まこと》を通した大八郎の妹であった。

「分かってるよ」

喜八はおもんから目をそらし、少し乱暴な口調で返事をした。おもんと弥助の心配そうな眼差しが横顔に纏わりついてくる。

「もし松次郎が本当に盗みを働いてたら、乙松はともかく、あいつは死罪になるんだよ。そうしたら、乙松はまた独りぼっちになっちまう」

おもんは言った。それは分かっている。だが、このまま十四歳の乙松が死罪の恐怖にさらされ続けていいはずがない。松次郎だって望まぬはずだ。それに——。

「松つぁんは絶対にやってねえ。俺は信じてる」

喜八はおもんと弥助に目を戻し、二人の顔をしっかりと見据えて言った。

「それ以上に、倅を見捨てたりしねえ人だと信じてるんだ」

おもんはもう問いただそうとしなかった。百助たちには話をつけておいてくれると言うので、喜八はその場で鬼勘への書状をしたためさせてもらうことにした。

――伊勢屋の泥棒は主犯がつかまらぬまま、従犯の乙松にお裁きが下され、死罪に決まったということにしていただきたい。江戸の町に広くこのことが知れ渡れば、お捜しの人物はきっと現れるだろう。

書き終えた書状を手に、喜八は弥助と一緒におもんの家を出た。

それから、その足で本所《ほんじょ》二つ目にあるという鬼勘の屋敷まで歩き続ける。去年の十二月七日に架かったばかりの新大橋《しんおおはし》を通って、大川の向こう岸へ渡った。この橋がなければ両国橋《りょうごくばし》まで回らねばならず、本当に助かったと思うが、それでも片道半刻足らずはかかった。門番に書状を渡し、余計なことは言わずに立ち去った。必要とあらば、鬼勘の方から茶屋へ足を運ぶだろう。

「今日はあちこち回って、さすがに疲れたな」

一仕事終え、ようやく喜八は肩の力を抜いて言った。本所の辺りに来ることはめったにないが、新大橋ができて便利になったせいか、店も以前より多く立ち並んでいる。

「ちゃちゃっと蕎麦《そば》でも食って帰るか」

喜八が問うと、弥助は真面目な表情で、

「お客さんに出すつもりだった飯や食材が余っていますが」

と、言葉を返した。

「そこらの蕎麦より、お前の作ったもんの方が美味《うま》いだろうな」

喜八は歯を見せて笑い、店に帰ることにする。弥助は余った食材を使ってどう献立を組み立てるか考えているらしく、帰り道、ほとんど無言であった。どんなことでも、自分のために一生懸命頭をめぐらしてくれる、この無言は昔から馴染みのあるものだ。

木挽町の住まいへ到着すると、弥助はさっそく調理場へ直行し、残り物の食材を使って夕餉《ゆうげ》の支度を始めた。ほどなくして座卓に並んだのは、味噌《みそ》仕立ての雑炊に独活《うど》のきんぴらに甘酢漬け、真薯《しんじょ》の澄まし汁など。雑炊は優しい味わいで、季節を感じさせる独活は少し濃いめの味付けであった。雑炊に添えられた生姜《しょうが》のさわやかな香りが食欲をそそる。

「やっぱり、うちで食べることにして正しかったよ」

弥助と二人で美味《おい》しいものを食べられるこの居心地のよさに、喜八は心からの安堵《あんど》を覚えた。

五

伝馬町の牢屋敷から日本橋伊勢町の伊勢屋、本所二つ目の鬼勘の屋敷へと渡り歩いたその翌日、喜八と弥助はいつも通りに芝居茶屋を開けた。預けた書状は昨夜のうちに鬼勘へ渡ったと思われ、もしかしたら鬼勘が茶屋に姿を見せるかもしれない。

そう思って、この日一日、喜八は気を張っていたのだが、鬼勘が現れることはついになかった。

一方、店じまいをした後、百助がやって来た。

「姐《あね》さんから聞きましたぜ。鬼勘を使って、松次郎をおびき出す算段をなすったって」

百助は喜八に言った。昨夜、おもんのもとを訪ねた際、喜八が鬼勘に持ちかけた提案について、すべて教えられたという。

一方、百助自身は他の子分たちと分担して、ずっと松次郎の行方を追っていたのだが、手掛かりはないままだと付け加えた。

「まったく不甲斐《ふがい》ないことで、若に申し訳ねえ」

頭を下げる百助に、喜八は首を横に振った。

「百助さんが謝ることじゃない。それより、百助さんの方こそ、俺のやり方に何か言いたいことがあるんじゃないのか」

「若に言いたいこと？」

「ああ。叔母さんからは、お前がやろうとしているのは松つぁんを嵌めることだって言われたよ」

「そうですか」

「叔母さんも反対したわけじゃねえんだ。俺が腹をくるに当たり、念押しと後押しを一緒にしてくれたんだと思う」

と、喜八が言うと、

「姐さんもあっしも、若が間違ってると思えば、ちゃんと止めます」

と、百助はすぐに曇りのない声で言った。

「それでも間違えちまったら、そん時は若と一緒にぜんぶ背負いまさあ」

傷も罰も世間の非難もぜんぶです――と、百助は不敵な笑みを浮かべて言う。

「そうか」

喜八の頰にも安堵の笑みが刻まれた。

「今回のことで言わせてもらえば、松次郎はむしろ感謝すると思いますね。もし松次郎が現れなきゃ、乙松を十四歳だと明らかにする術《すべ》がねえ。ま、養い親が正直に言ってくればいいが、それは難しいんでしょ。だったら、それをするのは松次郎の務めでさあ」

明快な口ぶりで言う百助に、喜八はうなずいた。

「それにしても、どこにもぐっちまったんだか」

百助は真面目な顔つきになると、やや沈んだ声で言い出した。

「これまで住んでた長屋も見張ってるんですが、一度も戻った形跡がない。ま、それは当たり前としても、あっしらのことも頼らず、佐久間町へも行ってないようなんです。他にあいつが頼れる者なんざ、いるとは思えないんですがね」

それでも、百助たちは念のため、松次郎がかつて勤めていた旗本家の縁をたどっているのだが、今のところ当たりを引いてはいない。

「その旗本家はもうなくなっちまってるんだろ」

「へえ、小野《おの》家といったんですがね。例の弾圧の際、鬼勘の親父殿の手でばっさりと。ただ、そっち方面を探っていた野郎が最近、妙な話を耳に入れてきましてね。ま、松次郎とは関わりないんですが」

百助は声の調子を変え、話を続けた。

「小野家に限らず、弾圧前は旗本奴の屋敷でけっこうな数の賭場《とば》が開かれてたんです。仲間内でやってる間は外へも漏れにくいですし、多少はお目こぼしもあったんですがね。例の弾圧からこっち、お上の目を盗んでの賭場は、すっかり鳴りを潜めてたんです。それが近頃になって、またどっかの旗本屋敷でひそかに賭場が開かれてるみたいで」

「けど、町奴と同じように、旗本奴だっていなくなったんだろ」

喜八は首をかしげた。

「そりゃあ、鬼勘が目を光らせてますから、昔みたいにかぶいたのはいやしません。けど、ちょっと羽目を外したい輩《やから》はお武家にだっているでしょうし、そういうのがつるんで、賭場をやってるみたいなんで」

「そういうところにゃ、町の連中も出入りできるもんなのか」

「ちゃんと間を取り持つ案内役がいるみたいなんでね。賭場で鴨《かも》にされてるのは、あれこれ制約のあるお侍より町方のもんらしいんです。ま、こっちが探ってるのは松次郎なんで、深入りはしてませんが」

「ああ、それでいい」

と、うなずきはしたものの、松次郎のこととは別に、他の子分たちのことが気にかかった。彼らもかつては賭場に出入りしていた身の上である。そして、今、決して裕福な暮らしを送っているわけではない。楽して大金を手にしようと考えたなら、賭場で儲けることが頭をよぎったりしやしないのか。

喜八が少し考え込んでいると、それと察したのか、

「あっしらのことなら、ご心配にゃ及びません」

と、百助は言った。

「あっしらは皆、若の親父さんに救われた命だ。その命をちょっとでも危ないことに使って、ふいにしようなんざ、誰一人考えてませんで」

「そうか」

百助の言葉が胸に沁《し》みた。

「もちろん、松次郎だって同じはずです」

次いで告げられた言葉に、喜八は大きくうなずき返す。本当にその通りだ。松次郎が大八郎に救われた命を無駄に使おうとするはずがない。

――親父さんはあっしに、そこの料理人をやれとおっしゃっていて……。

松次郎はかつて、喜八も知らなかった大八郎の大茶屋買い取り計画について話してくれた。朴訥《ぼくとつ》なその口ぶりの奥には、大八郎への深い信頼があり、計画が消えたことへの無念さがあったと思う。

（俺はそれを実現させたいと思った。だから、松つぁんに俺の大茶屋の料理人になってくれと頼んだんだ）

松次郎はその時「へえ」と応じた。その松次郎が盗みなんて犯したりするものか。

「それじゃ、あっしはこれから姐さんのところに寄りますんで」

百助はそう言い置き、夕餉を喜八たちと共にすることはなく帰っていった。

町の噂も含め、何かあったらすぐに知らせてくれるよう、喜八は百助に頼んでおいた。

その翌日も同じように店を開けたが、鬼勘が訪れることも、伊勢屋の件や乙松仕置きの件が耳に入ってくることもなかった。おもんや百助たちからの知らせもない。鬼勘からの知らせもないので、動きは分からぬままであった。

その日の店じまいの後、

「お客さんの口から、伊勢屋や乙松の話が出るのはいつ頃かな」

と、後片付けをしながら、喜八は弥助に話しかけた。

「書状を届けてから、今日で丸二日。噂が広まる時は一気にいくと思うんですが……」

弥助は雑巾《ぞうきん》がけの手を止めると、考えるような眼差しになった。

「人は荒唐無稽な話を聞いてもすぐには信じません。けど、二度、三度と聞き続ければ、どんな話もだんだんと信じるようになる。そして、誰かにしゃべりたくなるものです」

そうなれば噂の勢いは止まらなくなるが、そこに至るまでには時がかかるものだと、弥助は言った。

「そう言われりゃ、確かにそうかもな」

「『市に虎あり』って話ですよ。寺子屋で若も一緒に聞いたじゃないですか」

町に虎が出たという荒唐無稽な話も、三人から聞けば真実と思えるものだという話だ。取りあえずあと三日は待ってみようという弥助の言葉に、喜八も納得した。

しかし、それから二日後、事態は動いた。おあさがおくめを連れて店へ現れたのである。

「新しいことが分かったから、知らせに来たの」

と、なかなか律義に喜八との約束を守ってくれる。注文の茶を持っていった喜八の顔をじっと見つめ、

「あの時の傷は残らなかったみたいね」

と、喜八自身が気にも留めていなかったことをしっかり確かめてから、おあさは切り出した。

「伊勢屋の小僧さんがつかまった話はしたでしょ。賊を手引きしたってことだけれど、その子、今年で十五になってたんですって。だから、このままだと死罪になるらしいのよ」

思惑通りの噂が流れていることに、喜八は心の中で「よし」と声を上げる。ところが、おあさの話はそれで終わりではなかった。

「何でも、その子には病にかかったおっ母さんがいるらしくてね。その治療代を払うため、伊勢屋へ奉公に出たらしいんだけど、そのお金も底をついちゃって、それならって悪い奴の口車に乗っちゃったらしいのよ」

「ちょ、ちょっと待ってくれよ」

噂はそういうものとはいえ、余計な尾ひれが付きすぎている。

「なあに？」

まだ先を話そうとしていたおあさは、不思議そうな表情を浮かべた。本当のことも口には出せず、

「いや、何か、芝居がかった話だと思ってさ」

と、喜八はごまかした。

「そうよねえ。でも、病人をかかえた家がお金に困るのはよくある話よ。その小僧さんも確かにお金は盗んだかもしれないけれど、そういう事情があったんなら……」

いやいや、乙松は金など盗んでいない——そう言いたいところだったが、それも言えない。

「ところで、主犯の賊はどうなったんだ。小僧は手引きしただけなんだろ」

喜八がそれとなく話を変えると、おあさの意識もそちらへ向かった。

「賊の方はつかまっていないそうよ。だからこそ、小僧さんに厳しい処分を下して、お上の威厳を示そうっていう腹なんじゃないかしら」

町の中では、小僧の境遇を哀れみ、お上の容赦《ようしゃ》のなさを嘆く声もあるらしい。

「十六になったばかりの八百屋お七が、火あぶりにされた時のことを思い出す人もいるみたい。今度は火あぶりじゃないけど、十五になったばかりの子が死罪だなんてよく似ているもの。その上、裁くのが同じ鬼勘だっていうんだから、因縁を感じるわよねえ」

八百屋お七の事件の頃はほんの子供だったろうに、おあさは情理を弁《わきま》えた大人のような

物言いをする。若いのに変わっていると思うが嫌な気はせず、喜八のおあさへの興味はいっそう増した。

「助かるよ。また何か分かったら知らせてくれ」

喜八が頼むと、「お安い御用よ」とおあさは請け合った。

「ところで、礼がしたいんだけど、俺はどんな頼みごとを聞きゃあいいんだい」

約束を思い出して尋ねると、おあさは少し考えるような表情を浮かべた後、ぱっと明るく微笑《ほほえ》んだ。

「喜八さんにできることなら、何でもお願いしていいのよね。だったら、役者として舞台に立ってもらうなんていうのはどうかしら」

喜八は一瞬ぽかんとし、すぐに笑い出した。

「いやいや、それは無理な話ってもんだろ。芝居小屋の舞台は素人が立てるようなもんじゃない」

「だったら、本当に役者になればいいじゃないの」

「だから、それはないって言ったろ」

どうも話が嚙み合わない。おあさも同じように感じたのか、この話はまた今度にしようと言って、おくめと一緒に帰っていった。

その後、おあさから聞いた話を、弥助に伝えたところ、

「若の目論見《もくろみ》通りになりましたね」

と、朗らかな声が返ってきた。

「俺のっていうより、あと三日待とうっていうお前の目算が当たったんだけどな」

照れ隠しと安堵から、喜八の声も明るくなる。

それからも店へ来た客の話に耳を澄ませていたら、あちこちの席で乙松の仕置きのことを噂している。付いている尾ひれはさまざまだったが、「十五になったばかりの小僧が死罪」という肝だけは同じだった。

（本当に、噂が広まる時はあっという間なんだな）

と、内心で半ば驚きつつも、いちばんに知らせてくれたおあさの耳の早さに改めて感心する。情報集めに関してはいつも自信ありげだが、いったいどうやって町の噂を集めているのだろう。今度ちゃんと訊いてみようと、喜八は心に留めた。

六

それから二日後の朝、まだ五つ（午前八時頃）にもならぬ頃に、茶屋かささぎの表の戸がどんどんと叩かれた。

弥助が出向いて戸を開けると、立っていたのは鬼勘その人である。

「若旦那はどこだ？」

静まり返った朝のことなので、鬼勘の声は二階にいた喜八にもよく聞こえ、慌てて階段を下りると、鬼勘はすでに店の中にいた。

「何だって、こんな時刻に――」

と、口では言ったものの、鬼勘の纏《まと》う緊迫したふぜいは、事態の急変を告げていた。

「昨晩、松次郎が北町奉行所に現れた」

と、鬼勘は低い声で告げた。喜八は唾《つば》を呑《の》み込んだ。何か言わねばと思うが、すぐに言葉が出てこない。弥助も無言のままであった。

鬼勘が静かに言葉を続ける。

「伊勢屋へ忍び込み、金を奪ったことを認めたそうだ」

鬼勘自身は顔を合わせていないものの、その報告に間違いはないという。

「松次郎は乙松には手伝わせていないと言っている」

次々にくり出される報告に、驚きから覚める暇もないが、喜八はどうにか口を開いた。

「盗みは認めたのに、その店に奉公してた倅は関わりないと言ったんですか」

「その通りだ」

鬼勘は表情を変えずにうなずいた。

「奉行所に出向いた後すぐに訴え出たそうだ。倅は関わりないから、すぐに釈放してくれ、と――」

と告げはしたものの、そんな話は通らないと鬼勘は続けた。

松次郎はこの後、伝馬町の牢屋敷に移され、お調べなり拷問なりが行われるらしい。

「松つぁんが金を盗んだなんて、俺はやっぱりまだ信じられねえ」

「本人がそう言っていてもか」

鬼勘から問いただされ、喜八は間髪を容れずに「そうですよ」と答えた。

「松つぁんはその金をどうしたって言ってるんです?」

「それについてはまだ聞いておらぬ。だがな、松次郎は金が欲しかったわけではないと、私は考えている」

「どういうことです」

喜八が訊き返すと、鬼勘は少しの間、沈黙した。言おうか言うまいか迷っているふうだったが、やがて意を決した様子で、おもむろに切り出した。

「我々は松次郎が自訴する前から、あの者が伊勢屋を狙った事情をつかんでいた」

「まさか、あにさんは伊勢屋に恨みでもあったんですか」

弥助の言葉に、喜八は目を見開いた。

乙松は伊勢屋の主人夫婦にかわいがられていたはずだ。納得がいかぬ気がしたが、鬼勘は苦い表情でうなずいてみせる。

「松次郎のかつての主人であった旗本家の馬鹿者は、小野健次郎《けんじろう》というのだが、このうつけが伊勢屋に金を借りていた」

喜八と弥助は顔を見合わせた。

「そういえば、伊勢屋の手代さんから聞きました。前に旗本奴の若君に借金を踏み倒されたことがあるって。名前は聞きませんでしたが……」

「小野家のうつけ者のことだろうな。そやつは私の父が指揮した捕り物でつかまった。まあ、喧嘩《けんか》っ早い男でな。町奴どもと派手にやり合っていたのだが、それだけではない。屋敷では父親たちの目を盗んで賭場を営んでおったのだ。そこでのいざこざもいろいろあったらしい」

鬼勘は忌々《いまいま》しげな口ぶりで、その男の愚かさ加減を語った。

「旗本家の息子ゆえ謹慎処分だが、前にも一度、そやつは謹慎を食らっている。二度のお目こぼしはなく、とうとう小野家は取り潰しとなったのだ。一方、うつけ者の手下だった中間や小者は容赦なくつかまった。その時、松次郎はすでに馬鹿息子のもとを離れ、おぬしの父親の手下だったわけで、小野家とは関わりなくなっていたんだが……」

松次郎は、小野健次郎に無実の罪を着せられかけたこともあり、忠義を抱いたりはしていなかったと思われるが、手下の中間や小者の中に、松次郎が世話になった男がいたらしい。鬼勘いわく、松次郎はかささぎ組に移ってからも、その恩義をずっと忘れずにいた、というのである。

「中間の権兵衛《ごんべえ》という男だ。その者が追っ手を逃れて隠れ潜んでいたのだが、その居場所を役人に教えたのが伊勢屋の主人だった。伊勢屋としちゃ、当たり前の正義を行ったわけだが、権兵衛を恩人と思う松次郎にはそうは思えまい。何せ、権兵衛は死罪に処されたのだからな」

「…………」

喜八は、大八郎と一緒に死ぬつもりでいた松次郎の姿を思い出していた。忠義に厚い松次郎なら、伊勢屋を許しがたいと思ったことは確かにあり得るだろう。しかし……。

「それなら、どうしてもっと早く報復しなかったのかと、不審に思っているのであろう」

喜八と弥助の内心を読んだふうに、鬼勘が言った。

「そこは本人に聞いてみなければ分からぬところだが、自分の伜が奉公に出た店だというので、怒りをこらえていたのではないか。しかし、乙松と再会し、伊勢屋の内情を聞く機会を得た。何を聞いたか知れぬが、やはり許せないと思うような話があったとしても、不思議ではあるまい」

鬼勘の推察を受け容れるのは忌々しいが、一応筋は通っている。

義理堅い松次郎ならありそうな話にも思えるが、それは大八郎に救われた命を無駄にすることにならないか。松次郎がそんな真似をするとも思えないのだが……。

「ところで、乙松はどうなります」

松次郎のことはこれ以上考えても分からないので、いったん脇へ置き、喜八はもう一つの気がかりについて、鬼勘に問うた。

「まだ分からぬ」

と、鬼勘は重々しい口ぶりで言う。

「松次郎が自訴してまいったゆえ、十四歳であると明らかになれば、死罪は免れよう。ただ、松次郎は倅に手伝わせていないと申しているが、そこの真偽は明らかでない。ゆえに、処遇については何とも言えぬ」

乙松が松次郎に自ら力を貸したにせよ、あるいは利用されただけにせよ、伊勢屋の内情を漏らしたことは事実だろうと、鬼勘は言った。そして、お裁きの場で重んじられるのは、その事実のみだという。

「それじゃあ、倅を救うために名乗り出た松つぁんが浮かばれねえじゃねえか」

やりきれない思いで、喜八は訴えたが、鬼勘はまともに応じず、

「取りあえず、持ちつ持たれつということで、知らせてやったまでだ」

話を打ち切ると、戸口へ向かって歩き出す。

「松つぁん、いや、松次郎と会わせてもらうことはできませんか」

喜八は鬼勘の背中に真摯《しんし》に語りかけた。鬼勘は足を止めはしたものの、振り返りはしな

かった。

「こちらの調べが終わった後なら、何とかしてみよう」

とだけ述べ、そのまま店を出ていった。

それから、喜八は鬼勘から聞いた話を伝えるため、おもんの家へ走り、その間、弥助が店を開ける準備をした。

店はいつも通りにしつつ、松次郎に会わせてもらえる知らせが来たら、そちらを優先する――ということで、おもんの許しを取りつけた喜八は店へ駆け戻り、朝五つ半（午前九時頃）には店を開けた。忙しく体を動かしていれば、目の前の仕事に集中できる。

暮れ六つ（午後六時頃）に店じまいをし、弥助が暖簾を下ろしてひと息吐いたものの、この後も鬼勘からの呼び出しがあるかと思うと落ち着かない。待ちかねていた呼び出しが来たのは、店じまいからさほど間を置かぬうちのことであった。

「明日、朝の五つ時に伝馬町の牢屋敷を訪ねよとの仰せである」

鬼勘の使者はそれだけを伝え、すぐに立ち去った。そこで、喜八と弥助は翌日の店開きを午後からと決め、おもんにもその旨を伝えた。

翌日は明け六つ（午前六時頃）より前に起き出し、すぐに支度を調《ととの》えると、伝馬町へと向かう。

「松のあにさんが伊勢屋を恨んで盗みを働いたって鬼勘の話、若はどう思いますか」

途中、弥助が問うてきた。

「俺は松つぁんを信じてる」

喜八はすぐにそう告げた。弥助の問いかけに対する真っ当な返事にはなっていないかもしれないが、自分の心の芯にある思いはそれだ。まずそれを確かめてからでなくては、先へ進むことができない。

「伊勢屋を恨んでたってのは、あり得るのかもしれねえ。昔、世話になった恩人の話は事実なんだろうし、その人が死んじまったのならなおさらな。けど、恨みを晴らすため、伊勢屋の金に手を出すってのは松つぁんらしくねえ」

「俺もそう思います」

と、弥助が応じた。

「じゃあ、何で自分がやったと松つぁんが言ってるのか、そこが分からねえ。自訴したのは乙松を助けるためだろうが……」

「松のあにさんには、何かのっぴきならない事情があったんでしょうね」

「ああ」

喜八は低い声でうなずいた。嘘を吐いているか、本当に盗みを犯したか。どちらにしても、やむに已《や》まれぬ事情があるはずで、それを聞き出せなければ今日の対面は意味を為《な》さなくなる。対面の時は限られているだろう。乙松の時より短いかもしれない。その間に、何をどう言って、松次郎の本音を聞き出せばよいのか。

「若、大丈夫です」

唐突に、弥助が言い出した。

「ちゃんと若の思惑通りに事は運びますって」

「お前なあ。何の根拠もなく、いい加減なことを言うなよ」

いくら自分を励まそうとしての言葉とはいえ、さすがに鼻白む。ところが、弥助は自信満々という様子で言い返してきた。

「いい加減なんかじゃありません。若の勘の良さを信じてるんです。今回だって、松のあにさんを自訴させて、事件の真相に一つ近付けたのは若の力ですよ。女将さんだって俺の親父だって、それに鬼勘だって思い至らなかったことに、若だけが気づいたんじゃありませんか」

「勘の良さ、ねえ」

弥助の言葉をなぞりながら、喜八は思いをめぐらした。

いざという時に閃《ひらめ》くことはないでもないが、そんなものは運次第だ。物事が運で左右されるその前にできることはしなければならない。

(松つぁんはあれで頑《かたく》なところがあるからな)

そういう男をこちらの思惑通りに動かすには、多少の荒療治もやむを得ないのではないか。

（親父は松つぁんをどう扱っていたんだったか）

それまで考えてもいなかった亡き父のことがふと気にかかった。何かが閃きそうな予感がしたが、残念ながらこれという答えが出ないうちに、牢屋敷に到着してしまった。

先日と同じように門番に事情を話し、仕切りの多い屋敷地の中を奥の建物へ案内されていく。連れていかれたのは、先日、乙松と対面したのと同じ建物で、しばらく待つうち、松次郎が連れられてきた。乙松の時とは違い、両手を縄で縛られている。

「四半刻で済ませよ」

松次郎を連れてきた役人は、部屋の外へ出ていったが、松次郎の手の縄はほどかれなかった。連れてこられた時からずっと、松次郎は下を向いたままである。いつも髭《ひげ》をきれいに剃《そ》り、髪も指先も身ぎれいにしていた男が、そんな余裕もない日々を過ごしていたのだろう。髭も伸び、髷《まげ》も乱れたその姿は別人のようにしょぼくれて見える。

喜八が口を開く前に、松次郎は額を床に擦《こす》りつけ、

「申し訳ありやせん」

と、声を絞り出した。

「若の前に顔をさらせる道理もねえ。死んでお詫《わ》びいたしやす」

「それは……伊勢屋の一件は、お前の仕業っていうことなのか」

それに対する松次郎の返答はなかった。縛られた両手を前に投げ出し、頭を深々と下げたまま、微動だにしない。

「お前が姿を消してるうちに、乙松はつかまっちまった。たった一人の倅がつかまったってのに、お前が雲隠れを続けてたのはどうしてなんだ」

相手が何も言わぬ姿勢を貫く以上、とにかく問い続けるしかない。時は限られているのだ。喜八は口を動かし続けた。

「俺は、乙松が一つさば読んで十五歳にされてることを、お前が知らねえんだと思ってた。お前には十四歳の倅が牢に入れられても、やらなきゃならないよっぽどのことがあるんだろうってな」

「………」

「けど、どんな事情があるにせよ、倅を放っておいたことが許されるわけねえよなあ」

松次郎からの返事はなく、その姿勢も変わらなかった。こういう松次郎の頑なな姿には見覚えがある。大弾圧が迫った八年前、行方をくらませと命じる父の前で、松次郎は頭を垂れて抗《あらが》おうとした。あの時、松次郎の態度と考えを変えさせたのは、親父の力だった。好きにすりゃいい、けじめをつけろ、と凄《すご》みを見せた親父の前で、それまで不動の落ち着きを見せていた男がぶるぶると震え出したのだ。

「なあ、松。床に這《は》いつくばってねえで顔を上げろ」

喜八は片膝を立てると、すっと前へ体を進め、ゆっくりと告げた。松次郎が脅えたように全身をびくっと震わせる。その顎《あご》に手をかけ、喜八は強引に上を向かせた。おののく松次郎の両目を食い入るように見つめ、

「お前、倅をつらい目に遭わせて、自分一人助かろうなんて、ほんの一瞬でも考えちゃいなかっただろうなあ」

と、鋭く問う。

「俺に隠してることがあるなら、打ち明けるのは今を措《お》いてねえぞ」

「……お、おやっ……さ……」

松次郎の口から喘《あえ》ぐような声が漏れた。

喜八が松次郎の顎から手を離し、身を退くと、松次郎の震えはやがて収まっていった。

「若」

太腿《ふともも》の上に置かれた松次郎の両拳は、固く握り締められ、もう震えてはいない。

「ぜんぶお話しします。あっしは……」

顔を上げた松次郎は、意を決した眼差しで語り始めた。

四半刻の時が経ち、松次郎が再び役人に引っ立てられていく時、喜八はその役人に、

「ここに捕らわれている伊勢屋の小僧、乙松と会わせてほしいんですが」

と、申し出た。

「さようなことはできぬ」

と、一度は突っぱねられたが、自分たちは中山勘解由のお声がかりで来たのだと言い張り、牢屋敷の主人に話を通してくれと頼み込んだ。場合によっては中山勘解由に使者を送り、許しを得られるまでここで待ってもいいと申し出ると、取りあえず牢屋敷の主人である石手帯刀に話をしてみようと言われた。

それから半刻（約一時間）ほども放っておかれたが、話がついたとかで、何とか望みは聞き容れられた。先ほど松次郎を連れてきた役人が、今度は乙松を連れてくる。乙松は縛られてこそいなかったが、先日より顔色がよくないように見えた。

前の時のように、喜八と弥助の前に座ったものの、口を開く元気もないようだ。

「乙松、どうしても教えてほしいことがある」

と、喜八は言った。

「お前を救うためには必要なことだ。心して答えてくれ」

喜八の声の真剣さに、乙松は顔を上げた。暗く沈んでいたその目に喜八たちの姿が映り込む。すると、その熱意までが伝わったかのように、乙松の目にわずかな光が点《とも》った。

喜八が話し出すと、乙松は熱心に聞き入り始めた。そして、初めはいくらか戸惑いながらも訥々《とつとつ》と、やがてしっかりとした口ぶりで語り出したのであった。

乙松と対面を終えた喜八と弥助は、木挽町へ引き返し、一度おもんのもとへ足を運んでから、かささぎへ戻った。昼過ぎから店を開ける予定は変わらない。

ただ、店を閉めた後、百助をはじめとする子分たちにかささぎへ集まってくれるよう、言づてをおもんに頼んでおいた。その件については、百助が速やかに皆に知らせてくれるという。

そして、この日の暮れ六つ、かささぎの暖簾を下ろした後、一人ふたりと子分たちがやって来た。おもんと百助も姿を見せ、その他の子分が五人、勢ぞろいする。

喜八は牢屋敷で、松次郎と乙松に会ってきたことを手短に語った。最後に、

「山村座の千穐楽《せんしゅうらく》まであと三日。それまでに、やってもらいてえことがある」

皆の目を順番にしっかりと見つめながら言う。一同がうなずき返すのを見定めた後、喜八はその内容を告げた。

「仲間とその倅の命がかかってる。千穐楽までに何とか頼むぞ」

「へえ」

七人が声をそろえて頭を下げる。喜八もまた彼らに頭を下げた。

傍らでおもんが、喜八の肩をぽんぽんと軽く叩いた。

第四幕　太刀素破

一

　伊勢屋の主人である吉左衛門と女房のおたねは、その日、手代《てだい》の定吉を連れて、木挽町の芝居茶屋かささぎを訪れた。

　山村座の千穐楽《せんしゅうらく》の芝居「太刀素破《たちすっぱ》」を観《み》るためであった。

「大変な目に遭われましたが、この日ばかりはお芝居を楽しみ、憂さを晴らしてください」

　と、伊勢屋へ足を運んで勧めてきたのは、弥助という若者であった。先だって、かささぎの若旦那と一緒に来た時のことを吉左衛門は覚えていた。

「あたしたち夫婦ばかりでなく、定吉までいいのかね」

「はい。先日、うちの若旦那と伺った折、定吉さんにはお世話になりましたので」

弥助は丁寧に言った。まあ、そういうことなら、三人で芝居見物といこうかと、番頭に店を任せて出かけてきたのである。

かささぎが大茶屋でないことに失望したものの、店で出されたつまみはなかなか美味《うま》い。塩茹《しおゆ》でにされたそら豆、筍《たけのこ》の梅肉添え、菜の花の和え物など、素朴だが春の味を楽しめる上、酒にもよく合う。特に焼き豆腐は深みのある味噌《みそ》の味わいが格別だった。ここでは乳熊屋の味噌しか使わないそうで、おたねは「うちも使ってみようかしら」などと言っている。あの弥助という若者、料理の腕は悪くない。

見覚えのある若旦那も現れ、改めて挨拶した。

「あら、役者さんじゃないの？」

と、おたねが口走ったほど、整った顔をしている。前に伊勢屋へ来た時は話の中身に気を取られ、顔の造作に目がいかなかったが、確かに役者と言われてもうなずけそうだ。目つきが少しきついが、女形《おやま》でもいけるだろう。

吉左衛門は酒も含み、いい気分になってきたところで、弥助が芝居小屋へと案内してくれた。

芝居茶屋の客席もいろいろあるらしい。安い席だと屋根のない土間に設《しつら》えられているのだが、この日、伊勢屋一行が案内されたのは屋根付きの桟敷《さじき》であった。ここで、

「芝居茶屋かささぎの主で、もんと申します」

と、初めて女将《おかみ》が顔を見せた。なかなか色気のある別嬪《べっぴん》で、聞けば夫は山村座の藤堂鈴之助だという。吉左衛門は、鈴之助の芝居を観たことはなかったが、その踊りが絶品だという話はおたねから聞いていた。

「まあ、鈴之助さんのおかみさんなんですか」

と、おたねは裏返った声で飛びついた。その後はおもんを傍らから離さず、夢中になって鈴之助のことを話し込んでいる。

初舞台の時のこと、いちばん得意な役柄のことなどを話していたかと思ったら、そのうち、鈴之助の好物は何かとか、おもんとの馴《な》れ初《そ》めはどんなものかなど、芝居とは関わりのないことまで訊《き》き始めた。それでも、おもんは嫌な顔も見せず、丁寧に答えている。女同士の話に割り込むこともできず、吉左衛門は定吉に声をかけた。

「お前は芝居を観るのは初めてかい？」

「はい。私までお連れいただいて、本当に恐縮です」

「まあ、今日は厄落としというつもりでいたらいい。今年に入ってから、嫌なことばかりあったからね」

「……はい」

「お前を乙松の世話役にしたのはあたしだ。お前もせいいっぱい面倒を見ただろうに、あんな形で裏切られて嫌な思いをしただろう」

「いえ、私などは……」

　定吉は目を伏せて慎ましく応じる。

「素破ってのは盗人のことなんだよね。それがちょいとばかし引っかかるが、まあ、お芝居に罪があるわけじゃなし。嫌なことは忘れて、今日はとことん楽しもうじゃないかね」

　とは言うものの、吉左衛門は「太刀素破」の筋を知らなかった。幕が上がるまでにおたねに訊くつもりでいたが、どうも女たちの会話に割って入れそうにない。

「ところで、定吉。お前は『太刀素破』の筋を知っているかね」

「いえ、生憎《あいにく》」

　定吉は申し訳なさそうに身を縮めた。

「いや、いいんだ。筋を知らなくたって、芝居を楽しめないわけじゃないからね」

　そう返した時、

「よろしければ、お話ししましょうか」

　と、弥助が声をかけてきた。

「そうかね。だったら、教えてもらおうか。筋を追えなかったらつまらないからね」

　弥助は「ごもっともです」と応じ、「太刀素破」が狂言をもとにした演目だと断ってから、語り始めた。

「主となる人物は太郎兵衛《たろべえ》という男です。ある日、この太郎兵衛が長光《ながみつ》の太刀を携えて町へ出かけていきました。その時、雑踏の中には素破――掏摸《すり》が潜んでおりまして、名を九《きゅう》兵衛《べえ》と申します。九兵衛は長光の太刀に目をつけ、それを盗もうと企みました」

「嫌な話だね」

吉左衛門はつい口走ってしまった。弥助は気にもかけないふうに先を続ける。

「ところが、太郎兵衛の方もすぐに素破の悪事に気がつきまして、『やい、私の太刀を盗もうとしたな』と九兵衛を咎《とが》めます。ところが、九兵衛は堂々としたもので『何を言うか。これは私の太刀だ』と言い返すのでございました」

「えらく度胸の据わった素破だね。開き直って、盗んだものを自分の持ち物だと言い張ったわけか」

「はい。しかし、傍目《はため》には、どちらが本当の持ち主か分かりません。下手をすると、太郎兵衛が言いがかりをつけて、九兵衛から太刀を巻き上げようとしているとも見えるわけです。そして、両者が言い争っておりますと、そこへお代官さまが通りかかりまして」

「ふんふん、それで？」

思わず身を乗り出すと、弥助は笑みと共に目を伏せた。

「その先は、観てのお楽しみがよろしいかと。初めて御覧になる楽しみというものもございますから」

「ふむ。確かに弥助さんの言う通りだね」

吉左衛門は納得して大きくうなずいた。傍らで興味深そうに聞いていた定吉も、なるほどと思うふうである。

「いずれにしても、その後のお裁きがこの芝居の見せ場となっております」

という弥助の言葉を、吉左衛門は心に留めた。

そのすぐ後、「旦那さん」と定吉が緊張した声で呼びかけてきた。

「あちらのお席に――」

と、定吉が目をやる方を見てみたら、何と盗賊と火付人追捕《ついぶ》のお役にある中山勘解由《かげゆ》の姿がある。吉左衛門たちが案内された桟敷の席と同じ並びの、二つほど隔てた先であった。ちょうど舞台正面、いちばんよい席と言える。

「中山さまですね」

と、弥助が言った。

「あちらも、おたくたちがお招きしたのかね」

吉左衛門が尋ねると、「いいえ」と弥助は首を横に振った。

「あちらはお役人のためのお席で、ふつうのお客は入れないことになっております」

「そういう仕来《しきた》りがあるのかね」

「はい。お上がお芝居の中身を検《あらた》めるためのお席です。急にお越しになった時、席が空いていないといけませんから、あそこにふつうの客は入れないわけです」

「その時のために、わざわざあの席を――？」

検めなど、一回の興行で一度か二度であろうに、桟敷を一つ空けておくなど勿体《もったい》ないことだ。吉左衛門は内心でそう思ったが、役人に媚《こ》びを売るのも大事だというようなことを、弥助は言った。

「お検めのない時は、お役人のご縁の方が観に来られることもあります」

「しかし、今日は千穐楽なんだよね。初日のお検めなら分かるけど」

「初日は別のお役人が来たようですよ。千穐楽だからといって、気のゆるみは許すまじ、ということではないでしょうか」

「ははあ。さすがは中山さま」

盗賊を追うばかりでなく、芝居の吟味もその仕事のうちなのかと、中山勘解由の多忙ぶりに舌を巻く。

いずれにしても、中山勘解由のお蔭《かげ》で、盗みに入った賊もつかまった。盗んだ金のありかはまだ吐いていないそうだが、拷問《ごうもん》でも何でもして白状させてもらいたい。そうしていくらかでも金が戻れば、怒りも和らぐのだが……。

いやいや、今日はそれを忘れるために、芝居小屋へ足を運んだのではないかと、吉左衛門は己をたしなめた。おたねを見るがいい。まだ芝居が始まる前から、この興行を楽しんでいる。

演題やら中山勘解由やらで、あの災難を思い出してしまったが、今日は忘れることにしよう。いや、その前にあちらの桟敷へ挨拶をしに行くべきか。それとも、かえって迷惑がられるか。

そのことを弥助に相談してみると、

「ならば、お尋ねしてきましょう」

と、すぐに腰を上げた。

弥助はするすると中山勘解由の桟敷に近付き、二言三言、言葉を交わし始めた。途中、勘解由の目がこちらへ向いたので、吉左衛門は慌てて頭を下げる。定吉もそれに倣《なら》ったが、おたねは女将との話に夢中で、こちらの動きなど気にもしていない。

中山勘解由がわずかに顎《あご》を引いた。弥助はすぐにその場を離れ、こちらの桟敷へ戻ってくる。

「今日は別の公用ゆえ、ご挨拶には及ばないとのことです。こちらのことは気にしないようにとのお言葉でした」

弥助が伝えてくれた言葉を聞き、吉左衛門はほっとした。気にするなと言われても、あの威圧感を無視するのは難しいのだが、お言葉はありがたく承って、事件のことも中山勘解由のことも今は頭から追い払おう。と思って傍らを見たら、定吉の顔が強張《こわば》っている。

「そう緊張するもんじゃないよ」

と、吉左衛門は笑いながら、手代に声をかけた。

「へ、へえ」

定吉はぎこちない様子でうなずく。

そうするうち、柝《き》の音《おと》が鳴った。

カーン、カンカンカン……。千穐楽の幕がいよいよ開ける。

二

幕開けと共に雪景色が現れた。雪に見立てた紙吹雪《かみふぶき》が舞う中、一人の女が舞台袖から駆けてくる。ひどく脅えた様子で、何かから逃げているようであった。

胸に赤ん坊を抱いており、さらに立派な一振りの太刀も携えている。

女も赤ん坊も先の弥助の話には出てこなかったはずだが、さっきのはあらすじだから細かいことまで言わなかったのだろう。

女は舞台の中央で、力尽きたように倒れ込んだ。

「勘十郎《かんじゅうろう》や」

女は赤ん坊に涙ぐんだ声で語りかけた。男が演じていると分かっているが、本当の女、いやそれ以上に美しい。

「おっ母さんはもうここまでのようだよ」

万策尽きたという様子で、女は天を仰ぐと、それから赤ん坊を強く抱き締めて、よよと泣いた。「ああ、喜八さあん」「よっ、かささぎ屋」――安い土間席の方から、口々に声が上がった。若い女の声が多いが、どすの利いた太い男の声も混じっている。

（んん？　喜八って聞こえたが。それに、かささぎってのは――）

吉左衛門の頭を疑問がよぎっていったが、深く考えるより先に、舞台の方が進んでいき、そちらに気を取られてしまった。

「女をつかまえろ。あれは上玉だ。売りゃあいい金になる」

「餓鬼《がき》は殺せ」

「長光の太刀は俺がいただくぜ」

舞台袖から追っ手と思われる悪党の声がする。まだ舞台には登場していないが、追い付くのも間もなくだろう。ところが、舞台上にはそれより先に、悪党とは見えぬ商人ふうの男が現れた。

「どうなさった。赤子を抱えていなさるじゃないか」

男は倒れている女に近付き、声をかける。

「ご親切な方」

進退の極まった女は声をかけてくれた男にすがった。

「勘十郎をどうかよろしく頼みます。この太刀もお持ちになって」

女は絶え絶えの息のもと、赤子と太刀を男に託す。

「あんたはどうする。追われているようだが、一緒に――」

「いいえ、私はもうこれ以上は歩けません。それより、勘十郎を連れていって」

女は男と赤ん坊を押しやるようにした。と、そこへ追っ手の悪党たちが、派手な色合いの小袖を引っ掛け、「いたぞ」「つかまえろ」と喚《わめ》きながら現れる。

男は赤子と太刀を手に、幾度も女を振り返りながら袖へと消えた。一方、女は悪党たちに追いつかれる前に、懐刀を取り出し、「勘十郎、どうか無事で」と言いながら、首筋に刃を突き立て自害して果てる。

「ちくしょう、金づるがくたばっちまった」

「まだ長光がある。あれは、勘定のつけられねえお宝だ。追うぞ」

悪党たちは暴言をまき散らし、男と赤ん坊を追いかけて去っていった。これで一場は終わったようである。

女形が書き割りの陰に隠れて舞台から下がり、場面が切り替わった。

今度はどこかの町並みらしく、通りを行く人々の姿がある。その中に、十歳くらいの子供がいた。

「勘十郎や」

その子供に向かって、浪人風の男が声をかける。

「わたしの名は九兵衛という。お前のお父っぁんなんだよ」

突然の成り行きに、勘十郎は驚き、初めは九兵衛の言葉を信じようとしない。勘十郎は赤ん坊の頃、死に際の母から今の養父に託され、そこで成長していたのだ。養父から母のことは聞いていたが、父のことなど何も聞いていなかった。

しかし、思いの丈を尽くした九兵衛の言葉を聞くうち、勘十郎の心も和らいでいく。やがて、父子は町の茶屋へ立ち寄って父子の情を温め、それぞれの苦労話が語られた。

太刀は出てきたし、九兵衛の名に聞き覚えもあるが、弥助から聞いていた話とはずいぶん違う。いったい、この九兵衛はいつ太刀を盗むのだろうか。

吉左衛門は振り返って弥助を探したが、姿が見えない。気がつけば女将の姿もなかった。まあ、いいかと吉左衛門が思ううち、舞台上は歳月が流れたらしく、最初の場面と同じく雪が降り始めている。

九兵衛と勘十郎は茶屋で話し込んでいるのだが、そこへ菅笠《すげがさ》をかぶった一人の男が現れた。男はしばらく勘十郎たちの会話に耳を澄ませているが、やがて笠を脱ぐや、勘十郎の前に跪《ひざまず》き、

「お前は勘十郎なんだね」

と、いきなり訊いた。傍らの九兵衛が警戒心もあらわに誰何《すいか》すると、男は「わたしは勘十郎の父親です」と名乗った。「えっ」と驚く勘十郎に、

「わたしがお前のお父つぁんの太郎兵衛だよ。今まで苦労をかけたねえ」

と、続けて詫《わ》びた。

「何を言う。勘十郎の父親はわたしだ」

「嘘《うそ》を申すな。わたしこそが本物の父親だ」

九兵衛と太郎兵衛は互いに譲らず、言い争いを始める。

なるほど、両者が奪い合いをする流れは聞いた通りのようだ。そこへ代官が現れ、茶屋の三人は跪いた。代官は子供が勘十郎であることを確かめると、「おぬしの家で、長光の太刀が盗まれた。これに相違ないな」と問う。

「はい」と、勘十郎。

「さて」と、代官は九兵衛と太郎兵衛に向き直った。

「勘十郎の養家で長光の太刀が盗まれたが、このことを知る者は限られておる。なお、盗人は勘十郎から家の内情を聞き出し、蔵の鍵のありかも聞き取ったと思われる」

代官が九兵衛をじっと見る。九兵衛はびくっと脅えた様子。

片や、太郎兵衛は代官に見据えられても、特に変化は見せない。

「勘十郎よ。おぬしも実の父親が相手であれば、他人には明かせぬこともすらすらと語っ

たであろう。かようなわけで、わしは勘十郎の父親を探しておる。すると、この茶屋で父親と名乗る二人の男に出くわした。無論、本物は一人。そこで、おぬしらに尋ねたきことがあるゆえ、いずれも神妙に返答いたせ、よいな」

代官の言葉に、三人はかしこまった態度で「ははあ」と答えた。

「では、まずは勘十郎に尋ねる。おぬしが父親だと思うのはいずれの男であるか」

勘十郎は立ち上がると、九兵衛を指さした。

「ちょ、ちょっと待ってくださいよ」

九兵衛は急にうろたえた。

「わたしはこの子の父親じゃありませんぜ」

「何だと」

代官が目を剝《む》くその横では、勘十郎が「お父つぁんだって言ったじゃないか」と恨めしそうに訴える。

「この子が嘘を吐《つ》いていることもありますよね」

九兵衛は子供を嘘吐き呼ばわりした上、自分は子供の父親でもなければ、太刀を盗んでもいないと言い張った。

一方、太郎兵衛の方は深く懊悩《おうのう》している様子が、客席まで伝わってくる。代官はその太郎兵衛に向き直ると、

「では、太郎兵衛とやら。おぬしに問おう。おぬしはこの勘十郎の実の父親か」

と、改めて尋ねた。太郎兵衛がうな垂れている姿を、勘十郎がじっと見つめている。

「太郎兵衛、神妙に返答いたせ」

代官の威に打たれたかのように、太郎兵衛が顔を上げた。

「ここで勘十郎の親だと言えば、盗人は自分だと明かすも同じ。しかし、わたしはやっていない。盗人はこの目の前の九兵衛とかいう悪党だ。この者は父親だと偽って勘十郎を騙《だま》し、盗みまで働いたのであろう」

太郎兵衛役の男は立ち上がると、客席に向かって懇々と訴えた。

「勘十郎の父親でないと言えば、盗みの疑いはきっと晴れる。しかし、父親でないというわたしの返事は取り返しのつかぬ形で、勘十郎の心に刻まれよう。勘十郎は二度とわたしを父親とは思ってくれまい」

他の人物たちの時が止まっているように見える中、太郎兵衛の苦悩だけが極まっていく。

やがて、太郎兵衛は決心をした。

「盗みの濡《ぬ》れ衣《ぎぬ》など、我が子を失うことに比べれば何ほどでもない。それに引き換え、我が子に向かって、親ではないと言うことは取り返しのつかぬ大きな罪。わたしは親として、そんな姿を倅《せがれ》に見せるわけにはいかぬ」

太郎兵衛は再び代官の前に跪いて頭を下げると、ついに言った。

「わたしは勘十郎の父親に間違いございません」と――。

「よう分かった」

代官が右手の扇子で、左の手をぱんっと打つ。

「太郎兵衛、おぬしこそ勘十郎の父親に相違ない」

代官が力強い声で言い切った。

「勘十郎、おぬしも困惑しているであろうが、この成り行きでおぬしの父親であると認めたこの男こそ、親の気骨を備えた者よ。そのこと、よう分かったであろう」

勘十郎が「はい」と返事をするのを聞き届け、

「倅を思う父親が、どうして盗みの片棒を担がせるような真似《まね》をしようか」

と、代官は大きく声を放った。続けて、その目は九兵衛へと向けられた。

「さて、九兵衛よ」

「へ、へえ」

九兵衛が恐れ入ったふうに身を縮める。

「倅でもない子供に、盗みの片棒を担がせるのは胸も痛みはするまい。おぬしは父親だと偽って勘十郎を騙した上、長光のことや蔵の鍵のありかをしゃべらせ、まんまと盗みを働いたのであろう」

神妙にいたせ――と、代官の声が鞭打《むちう》つように鳴り響く。

その途端、九兵衛が立ち上がり、捕らえようとする代官の手をかいくぐって逃げ出した。その後、舞台の上を九兵衛と代官が駆け回り、激しい捕り物が始まった。それなりに迫力のある立ち回りを堪能した後、ようやく九兵衛がお縄になる。

悪党が代官に捕らわれ、引っ立てられて舞台から消えると、その場に残ったのは太郎兵衛と勘十郎の二人のみであった。

「お父つぁんと——呼んでくれるかい？」

震える声で、懇願するように太郎兵衛が問う。勘十郎は大きく息を吸い込んでから、おもむろに口を開け、

「お父つぁん」

と、大きな声で言う。父と子は舞台の真ん中でしっかりと抱き合った。

三

山村座の舞台「太刀素破」を観終えた伊勢屋の吉左衛門、おたね夫婦、手代の定吉はおもんに連れられ、再び茶屋へ戻ってきた。弥助は先に戻って調理場にいる。

「お芝居はいかがでしたか」

喜八は湯気の立つ小豆粥《あずきがゆ》を運びながら、三人に尋ねた。

「ああ、そのことで訊きたいことがあるんだよ」

吉左衛門が待っていたかのようにしゃべり出す。

「これが言うにはね」

と、目でおたねを示した後、

「どうも、今日観た芝居は本来の『太刀素破』と違うんじゃないかって」

と、吉左衛門は続けた。そこへ、おたねが割って入る。

「そうなんですよ。あたしは前に観たことがあるんですけど、それとは違っていました。まあ、今日の筋書きもあれはあれで面白かったんですけれどね。初めに出てきた母親役の女形もきれいだったし」

こほん――と一つ咳払《せきばら》いをした後、喜八は「そうですか」とさりげなく応じた。それから、ずっと押し黙っている定吉へと目を向ける。

「定吉さんはいかがでしたか」

「へ？」

定吉は悪い夢から覚めたような表情で、口を開いた。

「どうって、旦那さんとおかみさんのおっしゃる通り、聞いていたのと違ったんで、私もあれ、と思いましたけど」

「そうですか。それにしても顔色がお悪いようで……。幽霊でも見たような顔をしてらっしゃいますよ」

「いや、そんな……」

慌てて顔に手をやった定吉は、顔をごしごしとこすった。

「お前、本当に顔色がよくないよ。具合でも悪いのかね」

吉左衛門が定吉の顔をのぞき込み、心配そうに言う。

「そ、そんなことはありません。私は平気です」

定吉は頭を大きく横に振る。

「具合が悪いのなら、一足先に帰っているかい？」

「それがいいかもしれないね。今日はもう店のことはいいから、休んだ方がいい」

交互に気遣う伊勢屋夫婦の言葉に、定吉は恐縮した様子でうな垂れている。定吉は先に帰るということで話がまとまりかけたその時、

「邪魔するぞ」

という尊大な男の声がして、店の戸が開けられた。

「これは、中山さま」

喜八は落ち着いた態度で応じ、

「お芝居からのお帰りですね。どうぞ、お席へ」

伊勢屋一行とは少し離れた席へ、鬼勘を案内した。

「伊勢屋の皆さんもお芝居からのお帰りで、今、今日の筋書きについて話をしていたところだったんです」

かつて鬼勘には見せたことのない愛想のよさで、喜八がしゃべりかける。一方の鬼勘は喜八の言葉も耳に入らぬ様子で、伊勢屋一行に隙の無い眼差《まなざ》しを据えていた。

鬼勘が店へ入ってきたことにより、定吉は店を出る機会を逃し、席に座り続けるしかない。

「定吉さん」

と、喜八は呼びかけた。客向けの和やかさの消えた低い声につられ、定吉は顔を上げた。まだ春の初めだというのに、額に汗を浮かべている。

「今のお胸の内、私にはよおく分かりますよ」

喜八は定吉の前の卓上に手をついて言った。威圧されたように、定吉がびくっと体を震わせる。

「ここには盗賊を追捕《ついぶ》するお役の中山さまがいるんですから、焦らずにはいられませんよねえ」

その時、定吉の目の奥に、小さな怒りの火が点《とも》った。かすかな変化であったが、目の前で対峙《たいじ》する喜八は気づいた。定吉の蒼《あお》ざめた表情も、びくびくと脅えて見える態度も、すべてが見せかけであると教えてくれる、その眼差しの奥に潜む濁ったものに――。

「定吉さん、博打《ばくち》で金をなくしたそうですね」

唐突な喜八の問いに、「まさか」と声を上げたのは、伊勢屋の主人夫婦であった。

「定吉に限って、そんなこと」

笑い飛ばすように言ったおたねに、うなずきかけたのは吉左衛門だけ。その吉左衛門も鬼勘や喜八のただならぬ気配に呑《の》まれてしまい、首の動きを途中で止めた。

「手もとにある金じゃ済まず、胴元に立て替えてもらった金を返せなくなったんですって。何たって質屋の手代なんだ。店から金を借りるなり奪うなりして、金を作ってこいと脅されたんじゃありませんか？」

「若旦那、あんた、いい加減なことを……」

定吉は強張った笑みを顔にはりつけながら、最後にもう一度だけごまかそうとしたようだが、すでに真面目《まじめ》な手代のお面《はめ》は剝がれかけている。

「ちっともいい加減な話じゃありませんよ。ここにおいでの中山さまの手下、あ、いや、配下の方々がしっかり調べてくださったんです。定吉さん、まさか、中山さまのお調べにご不満でもおありなんですか」

喜八が言うと、定吉は初めてその目を鬼勘の方へと向けた。しかし、耐えかねた様子で、すぐに目をそらしてしまう。次の瞬間、弾かれたように立ち上がった。

「勝手に目を立つんじゃねえよ」

突然凄《すご》んだ喜八の声に、定吉はぎょっとなった。喜八はすかさず定吉の両肩に手をかけ、再び席に座らせる。

「中山さまのお話がまだ始まってもいないじゃないですか」

声をいつもの調子に戻して、喜八は言った。定吉は不服そうに睨みつけてきたが、喜八の目に浮かぶ不穏な色に恐れをなした様子で、先に目をそらす。

定吉の体から力が抜けたのを見澄まして、喜八は手を離した。すると、鬼勘が店の外へと顔を向け、「入ってまいれ」と声を張る。戸ががらがらと開けられ、待ち構えていたらしい鬼勘の配下の男が、一人の男を引き連れ、入ってきた。

縄で両手を縛られた男は四十路《よそじ》ほど、穏やかそうな顔立ちに見えるが、目つきが荒《すさ》んでいる。そして、その男の顔を見るなり、定吉は歯を食いしばるような表情になった。

「この男は、無宿人《むしゅくにん》の寅六《とらろく》という。定吉よ、おぬし、この者のことはよう存じておるであろうな」

鬼勘が凄みの利いた声で問うた。

「な、何をおっしゃっておいでですか、中山さま。私はこの男のことなど存じません。会ったこともないお人でございます」

定吉はしどろもどろになりながらも、懸命にごまかそうとするが、鬼勘は眉一つ動かさなかった。

「さようか。寅六の方はおぬしのことをよく知っていると白状したのだがな」

定吉が怒りに燃える目を寅六に向け、寅六の方は恨めしげな目で睨み返した。

「その上、この者を乙松に引き合わせたところ、こう申した。自分の実の父親だ、とな」

「え？　ええ？　どういうことなんです？」

伊勢屋の吉左衛門とおたねが顔を見合わせ、首をひねっている。

「乙松の父親ってのは、うちへ盗みに入った男ですよね。この茶屋で働いていた料理人じゃなかったんですか。確か、寅六なんて名じゃなかったような……。いや、そもそも、無宿人って何なんです」

「まあ、落ち着いてください。伊勢屋の旦那さん」

喜八が声をかけた。

「中山さまがこれからすべてを解き明かしてくださいますって」

「落ち着いてって言われても。この男が乙松の父親だってのなら、ここの料理人はいったい誰なんです。それに、この男が定吉の知り合いだっていうのも、さっぱり分からない」

吉左衛門はすっかり昂奮《こうふん》した様子で言葉を返す。

「まあまあ。この人が父親ですと子供が言ったところで、それが真実とは限らないでしょ。さっきのお芝居でもそうだったんじゃありませんか」

「あれは、子供がよくない大人に騙されていたんだ」

「だったら、乙松だって騙されていたのかもしれません」

「何だって？」

吉左衛門の声色《こわいろ》が変わった直後、喜八の目の前で異変が起きた。

抗《あらが》う気配を見せなくなっていた定吉が、突然、腰掛けの樽《たる》を後ろへ飛ばす勢いで立ち上がったのだ。横へ飛び出した定吉の前に、すかさず喜八が立ちふさがったが、追い詰められた定吉は喜八を突き飛ばし、店の戸口へと走る。

鬼勘も立ち上がり、伊勢屋夫婦も腰を浮かした。が、誰よりも俊敏に動いたのは喜八だった。

定吉が戸を開けると同時に、外へ飛び出したその背中に飛びかかったのだ。定吉は前のめりに転がり、飛びついた喜八も一緒に転がる。勢いに任せて、二人はそのまま一回転した。

定吉に起き上がる間を与えず、喜八は馬乗りになる。そこへ、店の外に控えていた鬼勘の配下の者たちが三人ばかりわっと群がってきた。

定吉は同心たちに取り押さえられ、寅六と同じように、両手を縄で縛られた。

喜八が立ち上がって、土ぼこりをはたいていると、鬼勘が余裕に満ちた顔つきで近付いてくる。

「いや、荒事もなかなかどうして。先の舞台より見応えがあったぞ」

からかうように、鬼勘が言った。それから、こらえきれぬという様子で、くくっと笑い声を漏らす。

「ま、あれはあれで、見惚《みと》れるほど様《さま》になっていたがな」

「俺は何度も断ったんだ。けど、俺が出なきゃ、役者を貸さないって叔父《おじ》さんが言うから」

喜八は口を尖《とが》らせて言い返す。

「いやいや、さすがは藤堂鈴之助の甥《おい》っ子だ。本気で役者になるのを考えてみたらどうだ」

「軽口を叩《たた》かないでください」

「本気だ。ま、女形もいいが、二枚目ならそのままでいける」

力強く言う鬼勘に、白けた表情になった喜八はもう言葉を返さなかった。

鬼勘はごほんと咳払いをすると、喜八よりも先に店の中へと戻っていく。喜八も後を追った。そして、最後に定吉を縛り上げた役人が、定吉を前に押し立てるように、喜八の後に続いた。

四

店へ戻ってきた鬼勘が再び元の席に着くと、吉左衛門は震える声で呼びかけた。

「もしや、この寅六とかいう無宿人と定吉が手を組んで、乙松を騙し、罪を着せたってことなんでしょうか。とすると、うちの百両を奪った悪党は、この者たちだったということでしょうか」

吉左衛門が口を閉ざすと、店の中には沈黙が落ちた。

店の中にいるのは事件の関係者のみである。吉左衛門とおたね夫婦、鬼勘と配下の侍二人、それぞれが捕らえている寅六と定吉、そして喜八と弥助、おもんと百助が顔をそろえていたが、誰も口を開かない。

「まず、先ほどの伊勢屋の主人の疑念について、事の次第を話しておこう」

ややあって、口を開いたのは鬼勘であった。

「中山さま……」

「乙松がこの男を見て、父親と言ったのはまことだ。乙松は半年前からこの男を父親と信じて、何度か外で会っていたという。もちろん、父親と疑っていなかったため、問われるまま伊勢屋の内情もしゃべったそうだ。そのことが仇《あだ》となり、伊勢屋は盗みに入られたのだと、我々は思っていた。だが、この男――無宿人の寅六は乙松の父親などではない。これまでに所帯を持ったこともなければ、子もおらぬのだからな」

鬼勘が鋭く寅六を見据え、他の者たちの目も厳しく寅六に注がれた。

「この寅六が盗みに入った張本人であるのは間違いない。この男は定吉の手引きで伊勢屋に忍び込み、金を奪って逃げた。無論、定吉は何食わぬ顔で、伊勢屋に居続け、分け前は別の場所で受け取ったのだろう。もっとも、借金の埋め合わせであらかた消えたのであろうがな」

「しかし、どうして乙松が罪を着せられることになったんでしょうか。第一、乙松の父親は自ら罪を認めて、奉行所に自訴したと聞いておりますのに」

吉左衛門が戸惑った声で鬼勘に問うた。すると、

「そのことについては、こっちの若旦那から聞くのがいいだろう」

と、声の調子を変えて鬼勘が言う。

「おぬしの下で働く者だ。おぬしの口から聞かせてやれ」

鬼勘の言葉に、喜八はうなずくと、吉左衛門とおたねに目を向けて語り出した。

「乙松の父親は松次郎といいまして、ご存じの通り、うちの茶屋の料理人です。松次郎は父親とは名乗らず、乙松を陰ながら見守ろうと決めていました。乙松がこの定吉と一緒に外へ出たある時、松次郎はそのあとをつけてたらしいんです。そのことに定吉が気づき、

乙松のいない場所で松次郎を問い詰めた。松次郎は定吉に素性を打ち明け、これからも乙松の様子を陰ながら見させてほしいと訴えたようです」

　ここまでは、定吉と松次郎それぞれが認めていることだと、喜八は告げた。

　その後、松次郎の話によれば、定吉は松次郎に金を無心するようになったらしい。松次郎も、定吉が倅の世話役と知っていたから、その頼みをむげにはできなかった。

　定吉は乙松を連れて、二度ばかり茶屋かささぎに現れたが、それも乙松の顔を松次郎に見せてやろうという親切心ではなく、金をよこせと言うためであった。もちろん、そうした経緯《いきさつ》を乙松は知らない。

「そして、ここからは推測なんですがね」

と、怒りを抑えた口ぶりで前置きし、喜八は語り継いだ。

「博打で借金を抱えた定吉は、松次郎からむしり取るだけじゃ金の工面ができなくなった。それで、奉公先の金を奪うことを思いついたんでしょう」

　もちろん、自分に疑いがかからぬよう、身代わりの犯人役を用意して。それには、元町奴という松次郎が適役だった。

　松次郎が父親と名乗り出ない考えでいることを知っていた定吉は、代わりの父親役を博打仲間から見繕ってきた。乙松が父親の顔をよく覚えていないことも確かめた上での謀《はかりごと》であろう。

こうして、寅六は父親になりすまし、乙松も偽者を父親と信じ込んだ。そして、寅六は乙松に伊勢屋のことを根掘り葉掘り尋ね、乙松にその内情を十分に語らせた。乙松は後で役人から問いただされた時、「父親に伊勢屋のことを話した」と認めざるを得なくなる。

準備が調《ととの》ったところで、伊勢屋へ寅六が盗みに入った。手引きをしたのは定吉だが、金は寅六が持って逃げ、定吉は何食わぬ顔で伊勢屋に残り続ける。そんな定吉に嫌疑がかかることはなく、やがて乙松の素性が役人に知られ、松次郎と乙松が疑われることになった。

「松次郎が逃げ出すことは予想してたでしょう。けど、こいつらにとってはそれでもいいんです。松次郎がつかまらなきゃ、乙松と会ってた男が実は偽の父親だったとも気づかれない。仮に松次郎がつかまって、偽者だったとばれたとしても、元町奴の父子の言葉など誰も信じない。どちらにしても、こいつらは安全です。もちろん、それはこの偽者役を演じた寅六がつかまらない限り、ということですがね」

胸の奥の憤懣《ふんまん》を吐き出すような調子で言い、寅六を睨みつけると、喜八は改めて口を開いた。

「乙松が捕らわれてから松次郎が自訴するまで、少しの時がかかりました。その間、松次郎はこいつを捜してたんです」

松次郎はある時、乙松が四十路ほどの男と一緒にいる姿を見たという。定吉以外の者と一緒にいるのはめずらしいので目を留めはしたが、伊勢屋と関わりのある者と思っていたそうだ。しかし、伊勢屋の事件が起こり、もしや乙松があの男に利用されたのではないかと勘を働かせた。

「そこで、松次郎は男を捜すため、自分に嫌疑がかかる前に姿をくらましたんです。余計に疑われる真似《まね》などせず、男のことも含めて真実を話せばいいとお思いになるかもしれませんが、松次郎は前にも無実の罪を着せられたことがありましてね。真実は後から明らかになったんですが、そうした経緯から松次郎はお役人に信じてもらうため時を費やすより、自分で男を見つけた方が早いと思ったんでしょう」

だが、一人の力では見つけられぬうちに、乙松が捕らわれてしまった。挙句は十四歳の倅が十五歳にされていることも知る。万策尽きた松次郎は、自訴することで倅を助けようとしたのだった。

「俺は松次郎からその話を聞き、男を必ず見つけ出してやるって約束しました。乙松にも事情を打ち明け、父親だと信じていた男の人相を聞かせてもらった。それをもとにこの寅六って野郎を見つけ出し、居場所を中山さまに知らせたってわけです」

「なるほど。そういうからくりでしたか。あたしは少しも気づきませんでした。本当の悪党を見過ごし、罪のない乙松を恨んで責め立てちまった。まったくひどいことをしてしまいました」

吉左衛門は情けなさそうに肩を落とした。

「とはいえ、疑わしいだけでは、定吉を捕らえることはできぬ。寅六の方は乙松の言い分をもって、捕縛《ほばく》に踏み切ったがな」

と、鬼勘がそこで再び話に入ってきた。

寅六が乙松の父親と偽っていたことは明白だが、それだけでは盗みをした証《あかし》にならない。また、定吉についても、借金があるという理由だけで盗みをしたと決めつけることはできない。定吉を捕らえるには、どうしても寅六の自白が必要だった。

「しかし、寅六め、知らぬ存ぜぬで押し通していてな。乙松をたぶらかしたことより他には、何も認めようとしなかった」

喜八たちはそれを想定し、一つの準備を進めていた。それが、山村座による「太刀素破」の中身を改変した芝居である。

「山村座の助力を得て、千穐楽の後、ひと芝居打ってもらったというわけだ」

と、鬼勘はおもむろに種を明かした。

「え、千穐楽の後？　それはどういうことですか」

吉左衛門とおたねが驚きに目を瞠《みは》った。

「ああ、偽って済まなかったな。本当の千穐楽は昨日だ。もう分かっていると思うが、今日観た芝居は本物の『太刀素破』ではない」

「なるほど」

と、吉左衛門は大きく息を吐き出した。

「この悪党どもが犯した罪を、『太刀素破』の芝居に似せて作り変えたというわけでしたか。あの筋書きにようやく得心がまいりました」

「うむ。この芝居を定吉と寅六に見せるためじゃ。おぬしらの目に入らぬ場所で、実は寅六にもあの舞台を見せていた。思った通り、定吉めはあの舞台の筋書きに顔色を変えた。また、寅六に至ってはすっかり観念し、すべてを認めて自白した」

「まったく、中山さまのお手際には頭が下がります。こちらの若旦那にも、お詫びと感謝を申し上げねばなりませんな」

吉左衛門とおたねはそろって頭を下げた。

「では、そろそろこやつらを連れてまいろう。くわしい調べはこれからとなるが、伊勢屋にはまた問わねばならぬことが出てまいるやもしれぬ。その際は力を貸してくれるように」

鬼勘が立ち上がると、伊勢屋の夫婦がそろって「へえ」と返事をする。

「中山さま、最後に一つ、いいですか」

喜八が一歩前に出た。

「こいつに一言言ってやりたいんです」

喜八は定吉に目を据えて言った。

鬼勘の返事はない。見ないふりをしてくれるということなのだろう。そう受け止めて、喜八は土間に跪かされている定吉の前に進み、しゃがみ込んで目を合わせた。

当世は得物《えもの》を手に白黒つける世の中ではないと、重々承知している。それでも、仲間の傷は見過ごせない。泰平の世を乱す輩《やから》にゃ己の真《まこと》で立ち向かう。

内なる数々の思いを溜《た》めて、

「泰平の世を騒がしてんじゃねえよ、この小悪党が」

それだけ言うと立ち上がり、喜八は二度と定吉に目を向けなかった。鬼勘とその配下の同心たちは喜八の言動に何を言うでもない。

それから、同心たちが先に罪人を引っ立てて店を出ていき、鬼勘は後に残った。

「おぬしの子分が寅六を見つけたのは、奴が入り浸っていた賭場《とば》だそうな。蛇《じゃ》の道は蛇《へび》ということか」

鬼勘が喜八に問うたが、「何のことですかね」と喜八はとぼけた。

「ちょいと、中山さま。この事件を解決したのはこいつらだよ。礼の一つも言ってもらってしかるべきところだと思うけどね」

それまでおとなしくしていたおもんが、聞こえよがしに鬼勘に食ってかかる。

「私は町奴には礼を言わぬ。これは借りだ」

鬼勘は重々しい口ぶりで言った。

「何度も言いますけど、俺は町奴じゃないし、他の連中だってもう違うんです」

きっぱりと言い返す喜八を前に、鬼勘の顔に不敵な笑みが刻まれる。

「まあ、今日のところは若旦那の活躍に免じて、引き下がるとするか」

とは言うものの、鬼勘の口から礼の言葉は出てこなかった。鬼勘は喜八との話を打ち切ると、その目を伊勢屋の夫婦に移し、

「乙松は手はずが調い次第、牢屋敷を出られるだろう。伊勢屋へ帰らせてよいのだな」

と、訊いた。

「もちろんです」

おたねがすぐに答え、吉左衛門も大きくうなずいた。

「この足で迎えに行ってもかまわないのでしょうか」

「かまわぬが、あと何刻かかるかは分からぬぞ」

「かまいませんよ。うちの大事な奉公人なんだから」

おたねは吉左衛門を急《せ》き立て、すぐに伝馬町の牢屋敷へ向かうと言った。

「こちらへは、また改めてお詫びと挨拶に参りますので」

おたねがおもんに向かって頭を下げている間に、喜八は鬼勘に向かって訊いた。

「松次郎はどうなるんです？」

「いずれ放免となるだろうが、偽りの自白をしているのでな。すぐ出られるというわけに

はいかぬ」

鬼勘はしかつめらしく答えた。

だが、何はともあれ、松次郎は助かったのだ。無実であることが明らかになり、姿を隠さねばならぬ必要もない。喜八は肩の荷を下ろして、大きく息を吐いた。

やがて、鬼勘と伊勢屋の夫婦が店を出ていくと、後には喜八と弥助、おもんと百助だけが残った。

「これで、大詰め『茶屋かささぎ大捕り物の段』も仕舞いってわけだな」

喜八は腰掛けに座り、晴れやかな声を上げた。

「正月早々、ご苦労なことでござんした」

と、百助がしみじみとした声で言い、頭を下げる。皆がそれぞれ顔を見合わせ、心地よい疲れと安堵《あんど》の滲《にじ》んだ笑みを交わし合った。

「それじゃあ、あたしはもう芝居小屋へ戻るよ」

最初に気を取り直して、いつもの声を上げたのはおもんであった。

「二度も千穐楽を演《や》った山村座の役者たちを労《ねぎら》ってやらなきゃいけないからね」

と、慌ただしく帰り支度を始める。

「ああ、叔父さんによろしくな。それから、女形をやるのはこれきりだって、ちゃんと念を押しといてくれよ」

本来、今日の「太刀素破」の舞台に、勘十郎の母親が死ぬ場面は必要ない。それを無理やりねじ込み、喜八に母親役をやらせたのが藤堂鈴之助であった。

——役者として舞台に立ってもらうなんていうのはどうかしら。

ふとおあさの言葉が耳もとによみがえる。

「まったく、あの子に言われた時にゃ、悪い冗談としか思ってなかったってのにさ」

胸の中で呟《つぶや》いたつもりが、声に出ていたらしい。「あの子って誰のことだい？」とおもんから問われ、喜八は慌てて何でもないと首を振った。

「鈴之助はあんたを弟子にしたくてたまらないらしいよ」

おもんが苦笑いしながら言う。

「本物の役者は別として、若はいちばん様になってましたよ。追っ手役のあにさんたちは地でいけるってのに、硬かったですからね」

弥助が冷静に申し述べた。

「客席を埋めてたこの店の常連さんたちも、若のお姿にうっとりしてましたぜ」

からかうように言う百助に「よしてくれよ」と喜八は口を尖らせた。

「叔父さんたちには感謝してるけど、あれはこれきりだ」

「ま、伝えてはおくけど、お前もちゃんとうちへ顔を出すんだよ。これからは少し鈴之助も暇になるからさ」

おもんはそう言い置くなり、急ぎ足で去っていった。

五

松次郎が突然、かささぎを辞めるという書き置きを残して去ってから半月近く、放免になるのは間違いないが、喜八たちの前に姿を見せるかどうかは分からない。

「これからどうするにせよ、あいつも若の前にご挨拶には来ると思います」

万一にも不義理を働くような真似をしたら、自分が首に縄つけてでも連れてくると、百助は請け合った。

（けど、松つぁんはそこで……）

自分の前から去ると言い出すかもしれない。

確かに百助の言うように、このまま姿を消しはしないだろう。だが、この一連の出来事の責めを負い、ここを去ると言い出した時、自分は何と言葉を返せばいいのか。

（親父だったら、どんなことを言ってやるんだろう）

引き止めるのか。それとも、相手の考えを尊重するのか。

この悩みを百助や弥助に打ち明ければ、二人とも何らかの頼もしい返事をしてくれるという気はする。

だが、それを聞いて、そのまま従うのがよいとも思えない。ならば、よい決断とはどうすることなのだろう。

結局、松次郎がやって来たら、何を言おうとも決まらぬうちに、日も暮れた。牢屋敷と松次郎の長屋は百助たちが見回ってくれるというので任せてある。牢屋敷まで迎えに行くことも考えたが、「若にそれをされたら松次郎も立つ瀬がありません」と百助からたしなめられて思いとどまった。

弥助と二人でいつものように夕餉《ゆうげ》を済ませ、やがて夜も更けていった。松次郎はまだ放免されていないのかもしれず、されていても今夜中に訪れることはなさそうである。

そう思いながら寝支度を始めかけたところ、

「若っ！」

と、階下から弥助の声がかかった。緊張感の漂う声に、何が起きたかは想像がつく。

「松つぁんか！」

喜八の方から先に問うと、ひと呼吸置いた後、「そうです」と弥助の先ほどより落ち着いた声が返ってきた。

「下の部屋に通してやってくれ。すぐに行く」

「中へは入れねえと言ってるんですが」

弥助の声が今度はやや遠慮がちに発せられた。

「四の五の言わせず、俺の言う通りにさせろ」

一階へ向けて大声を放ったので、外にまで声が届いたかもしれない。弥助はすぐに松次郎のもとへ引き返したようだ。

喜八も心を落ち着けるのに何度か深呼吸した後、階段を一段一段踏みしめるように下りていった。下りきったところに、弥助が一人で立っていた。

「俺も一緒にいさせてください」

と、弥助は真剣な口ぶりで言った。

「口は出しません。俺はいないものと思ってくだされぱいいんで」

承知してくれない限り、行かせないというかのように、弥助は喜八の前をふさいだ。

「分かった」

弥助の切実さに若干引っかかりはしたものの、あえて拒む理由もない。ほっと安堵した様子の弥助に道を譲られて、喜八はいつも休憩や食事に使っている小部屋へと向かった。

戸を開けた瞬間、額を床につけて平伏する男の姿が目に飛び込んできた。それだけでは驚かなかったが、さすがの喜八をもぎょっとさせたのは、松次郎の前に置かれた長脇差《ながわきざし》であった。

なるほど、これを携えて現れた松次郎を見て、弥助は喜八と二人きりにはさせられないと思ったのだ。

喜八は内心驚きはしたものの、動じたそぶりはいっさい見せず、静かに部屋へ入った。松次郎の正面に座り、弥助は喜八の斜め後ろに静かに座る。

「松つぁん」

喜八から呼びかけた。

「いろいろと言いたいこともないわけじゃねえが、まずは言い分を聞こう。この時刻にやって来たからにゃ、さぞ言わなきゃならねえこともあるんだろ」

「……言い訳はしやせん」

声を振り絞るように、松次郎は言った。顔を伏せたままの姿勢はわずかな動きも見せなかった。

「それをお手に」

と言うのは、目の前の長脇差を指しているのだろう。喜八に渡すために――いや、使わせるために持ってきたものと見える。

喜八は怯《ひる》みもせず長脇差を手に取った。

「で、この物騒なもんで、俺に何をさせたいんだ」

「命なり腕なり指なり、好きなものを取ってくだせえ」

またも振り絞るような声が――ただし、今度は魂を振り絞るようなそれが、喜八の耳を打つ。

「ほう、そうか」

喜八は余裕のある口ぶりで言うと、しげしげと長脇差を見つめ、

「ちょっと待ってろ」

と、立ち上がった。心配そうに見上げてくる弥助に長脇差を預けると、そのまま部屋を後にした。

ほどなくして戻ってくると、今度は松次郎の前ではなく横に片膝を付き、相変わらず平伏し続けるその肩にぐいっと手をかける。

「なあ、松つぁん。いい加減、顔を上げなよ」

喜八は松次郎の肩にかけた手に力をこめ、その体を起こさせた。松次郎は抗う術も持たぬという様子で、されるがまま上半身を起こす。

その表情が、目の前に突き出されたものを見るなり、たちまち強張った。

「何も驚くほどのことじゃねえだろ。好きなものを取ってくれと言ったのは、お前だ。だから厨《くりや》から取ってきた」

喜八が差し出したのは、包丁だった。

「お前が使っていたもんだ。まさか、しばらく使わねえ間に忘れちまったとは言わねえよな」

喜八は松次郎の手に包丁を握らせた。

「こ、これで、あっしに何を切れ、と？」

松次郎が茫然《ぼうぜん》とした表情で訊き返す。喜八は笑った。

「何って、包丁で切るものなんか決まってんだろ。青物でも芋でも旬のものを切ればいい」

「けど……はあ」

松次郎が困惑した眼差しを、手もとの包丁と喜八の顔に、交互に向ける。

「あのな、お前だって、大事な仕事道具に己の血を吸わせるつもりはねえだろ」

「……………」

「取りあえず、長脇差は俺に預けておいてくれよ。お前に差し戻す日が来るかどうかは分からねえ。が、それまでは包丁だけを握り、かささぎで料理を作ってくれりゃいい」

松次郎は喜八から目をそらしてうつむいた。

「それから、腕や指もたいがいだが、命を差し出すなんて、たやすく言うもんじゃねえ」

「……………」

「お前が死んだら、乙松は父親を失うことになるんだぞ」

そう口にした瞬間、すっと腑《ふ》に落ちた。ああ、自分が松次郎に言いたかったのは、このことなんだ、と。

「あいつ、母親の顔知らねえってな。俺とおんなじだ。それで、お前が死んじまったら、そっちまで俺と同じになっちまうじゃねえか」

松次郎が顔を上げる。その目が潤んでいた。

「あいつを俺みたいにするんじゃねえよ」

「……へえ」

とだけ、どうにか言って、松次郎は再びうつむいた。

「なら、話は終わりだ。今日はもう帰って、落ち着いたら出てきてくれ。今は芝居小屋が休みだから、うちの店の客も少ねえだろうしな」

喜八は松次郎の肩から手を離して立ち上がる。その喜八へ、

「若、いえ、お頭《かしら》」

と、松次郎が呼びかけた。

「何だよ、お頭って。もうかささぎ組はねえんだぞ」

喜八は松次郎の顔を見降ろし、苦い表情を浮かべた。が、松次郎の喜八を見る眼差しの揺るぎない強さは変わらない。

「一度だけそう呼ばせてくだせえ。その、牢屋敷の部屋で若から詰め寄られた時、あっしには若が親父さんそのものに見えましたんで」

喜八はもう言葉を返さなかった。

「この度、受けた御恩はきっとお返しいたしやす、お頭」

松次郎は決然と言い切り、頭を下げる。その心構えはありありと伝わってきた。だが、亡き父を慕う松次郎の忠誠を、自分がそのまま受けていいかどうかはまだ分からない。

「ああ、それはそうと」

喜八はふと思い出したように、話を変えた。

「二月の山村座の初日は午《うま》の日らしい。その日に出すのは初午《はつうま》いなりだ。よろしく頼むよ」

そう言い置くと、喜八は振り返らずに部屋を出ていった。

六

山村座の千穐楽の後も、芝居茶屋は商いを続けているが、興行中より客足が鈍くなるのは仕方がない。それでも、松次郎が料理人に戻れば、その料理を味わいたくて、と足を運んでくれる客がいる。その一方、「あたくしは弥助さんのお料理を」と注文をつける女客も別にいた。また、事件が解決してからはさすがに、落書きが貼りつけられることもなくなったのだが、

「若旦那が二月の芝居に出るのはいつなの？」

と、困ったことを訊いてくる客もいる。

「あの強面《こわもて》の役者見習いさんたちのことも、応援してるから」

「ちょっと声の出し方が悪かったよね。どすが利いてりゃいいってもんじゃない。芝居で出す声ってのは客席にちゃんと聞こえてなんぼだからねえ」

子分たちの演技にあれこれ言う客たちもいて、この先、彼らが店へ立ち寄っても煙たがられることはなくなりそうであった。

やがて、二月も半ばの十四日。この日は山村座の興行初日とあって、芝居茶屋かささぎはそれまでにない賑わいを見せた。

「えー、今日は午の日。午の日に限った初午いなりを出してます。これを出すのは二月だけ。二月にしか食べられないよ」

店に来る客を相手に、喜八は声を張り上げた。「この日だけ」というのに、客はたいてい弱い。

「それじゃあ、今日は初午いなりをもらおうかね」

さほど迷いも見せず、客は皆、どんどん初午いなりを注文してくれる。

「そうそう。二月の午の日は五穀豊穣を祈って初午いなりを食べないと。今年一年の無病息災も約束してくれますよ」

言い伝えでは、二月の初午の日に五穀豊穣をつかさどる宇迦御魂《うかのみたま》が稲荷山に鎮座ましましたとのこと。そこで、京の伏見《ふしみ》稲荷《いなり》大社《たいしや》では二月の午の日に祭礼が行われる。この宇迦御魂の使いがお狐《きつね》さんで、祭礼の日には狐の好きな油揚げにちなみ、中に酢飯を入れたいなり寿司をお供えするのだ。

美味《おい》しいものを食べながら、それにもっともらしい話が添えられていれば、客は喜ぶ。客が喜べば自分も嬉《うれ》しく、喜八は口も体も元気よく動かし続けた。

「ねえ、喜八さん」

と、注文する前に、もったいぶって声をかけてきたのは、おあさであった。

「初午いなりはふつうのいなり寿司とどう違うの？」

「よくぞ訊いてくれたと言いたいけれど、そこは食べてからのお楽しみってね」

喜八が言うと、おあさはにっこり微笑《ほほえ》んだ。

「それじゃあ、ぜひとも頼んでみなくちゃね。おくめもそれでいい？」

おくめがこくんとうなずくと、おあさは初午いなりを二つ注文する。

米俵の形をしたいなり寿司を届けると、おあさとおくめは嬉しそうに箸を取った。一口食べるや、二人の顔に笑みが浮かぶ。

「ご飯に具がいっぱい入っていますね、お嬢さん」

「ええ。椎茸《しいたけ》にひじきに蓮根《れんこん》、お豆。どれもいいお味」

「ご飯を包んでる油揚げもしっとりしていて美味しいです」

「そうね。嚙《か》めば嚙むほど、味が広がっていく感じ」

かささぎで出す料理のことは松次郎に任せるつもりでいたが、近頃、松次郎は弥助にも意見を求めている。この具沢山の初午いなりは、二人が一緒に考えたものであった。

「本当に美味しかったわ、ごちそうさまです」

ぺろりと食べ終えたおあさは、茶を一口すると、

「二月の午の日には、具沢山のいなり寿司を出すと決めているのね」

と、傍らの喜八に訊いた。

「まあ、毎年そうすると決めたわけじゃないけど、今年はそのつもりでいる」

次の三の午の日もそうしようと、松次郎、弥助と話していたところだ。

「お味には文句のつけようがないわ。でも、見た目で特別な感じを出す方法もあると思うの」

と言うおあさの言葉に、喜八は耳を留めた。どこかの店でやっている工夫だろうかと尋ねると、今のところそういう店は知らないとおあさは言う。

「へえ。それじゃあ、おあささんが思いついたことなんだね。ぜひ聞かせてくれよ」

と、喜八が興味を示すと、おあさはぱあっと表情を明るくし、

「形を上方ふうにするのはどうかしら」

と、言った。上方のいなり寿司とは、

「お狐さんの耳みたいな形をしているの」

　と、おあさは両手で三角の形を作ってみせる。

「なるほどね。初午いなりは、形もいつもと違う特別なものってことにするんだな」

　その通り——というように、おあさはにっこり笑ってみせた。眼鏡《めがね》をかけた顔も愛嬌《あいきょう》があったが、素の笑顔のかわいらしさに思わずどきっとする。

「よし。次の三の午の日には、三角耳のいなり寿司を試してみないかと、うちの料理人に話してみるよ」

　おあさの顔がさらに明るくなるのを、喜八はいい気分で見つめながら、

「おあささんは何でもくわしいんだな」

　と、その博識ぶりを褒めると、おあさよりも、なぜかおくめが得意げな顔をする。そういえば、前にも同じような表情を見せられたことがあった。

「そういやさ、おあささんがいろいろくわしいのには、何か理由があるんだろ。前は聞きそびれちまったけど、家がお寺とか、親が寺子屋のお師匠さんとか、そんなところか？」

　いや、今日の話はともかく、市中の噂を人より早く仕入れてくるのは、そういうことでもないようだが……。

「いろいろ悩ませちゃったみたいね」

　おあさとおくめは顔を見合わせている。やがて、おあさは「おくめから教えてあげて」と言い出した。

急な成り行きに驚いて、おくめの顔に目をやると、おくめはこれまで以上に得意そうな表情を浮かべて、

「お嬢さんのお父上は、東儀左衛門《あずまぎざえもん》先生なんです」

と、告げた。

「え、東儀左衛門って、あの狂言作者の？」

喜八が目を丸くすると、「知ってるの？」とおあさが訊いた。

「知ってるも何も」

山村座でも東儀左衛門作の話を演じているはずだ。もちろん、本人に会ったことはなかったが……。

「儀左衛門先生のお弟子さんたちが、町で起こった面白いことや噂話をたくさん仕入れてこられるんです」

おくめの言葉にようやく納得がいく。

「それで、おあささんはいろいろなことにくわしかったのか」

「あたしとおくめもお弟子さんたちの真似して、町の話をいろいろ拾い集めているから」

「へー、近頃、何か面白い話はあったかい？」

何の気なしに尋ねると、「そりゃあ、もう」とおあさとおくめは目を輝かせた。

「十一日に高田馬場《たかだのばば》で起きた西条藩《さいじょう》のお侍さまたちの決闘よ」

何でも、藩士同士の争いに、剣客で名の知られた中山安兵衛《やすべえ》が助太刀をし、大活躍したのだとか。七人斬りだ、十人斬りだ、いや十八人斬りだと、評判は虚実入り乱れているそうだ。

「中山って、まさか鬼勘の親戚じゃないよな」

思い出したくもない鬼勘の顔を思い出し、喜八が問うと、

「そこはもう調べがついてるの」

と、おあさはすらすら答えた。中山安兵衛は越後国新発田《しばた》藩の出身で、父の代で浪人になったのだとか。旗本である中山勘解由との関わりはないらしい。本当に何でも知っているのだなと、喜八は感心した。

「いずれ、お父つぁんがお芝居にすると思うから、楽しみにしていて」

と、おあさはにっこり微笑んだ。

「今度はお父つぁんもお店に連れてくるわね。喜八さんが女形向きか、それとも二枚目向きか、お父つぁんの考えも聞いてみたいし」

おあさはいきなりとんでもないことを言い出した。

「何を言ってるんだよ。俺は役者になんか……」

「あら。先だっての舞台で飛び入りの女形になったって聞いたけど。あたしに知らせてくれないなんてひどいわ」

おあさは口を尖らせる。傍らで、おくめがうんうんと大きくうなずいていた。

「あれは本物の舞台じゃなくて、千穐楽後のお遊びみたいなもんだよ。この町の人にはお客のふりをしてもらったけどさ」

「あたしたちだって、お客のふりをしてあげたのに。ねえ、おくめ」

「あたしも観たかったです。若旦那さんの女形の姿」

おくめは喜八を見上げながら、懸命におあさの後押しをする。

「もう二度とないから、悪いけど、あきらめてくんな、おくめちゃん」

「本当にそうかしら？」

おあさがふふっと笑ってみせた。どういうことだと訊き返そうとした瞬間、そういえばまだおあさの頼みごとを聞いていなかったと思い出す。まさか、本気で喜八に役者になることを要求するつもりなのか。

（こりゃあ、弥助の言うこと、もっとちゃんと聞いておくべきだったかなあ）

おあさを最初に見た時、面倒な女ではないかと心配していた弥助の勘は、当たっていたのかもしれない。喜八のそんな煩悶《はんもん》を余所《よそ》に、

「それじゃあ、また。ごちそうさまでした」

と、おあさとおくめは上機嫌で帰っていった。

それからややあってのこと。

「ごめんください」

丁寧な物腰で入ってきたのは、四十代ほどの女であった。伊勢屋のおかみのおたねである。付き添っているのは、小僧の乙松であった。

「今日はこの子に、山村座のお芝居を観せてやりたくて来たんですよ」

と、席に着くなり、おたねは喜八に告げた。口の利き方が親しげなのは、真犯人たちがここで捕らわれたあの日以来、もう何度か顔を合わせているからである。

あれから数日後、伊勢屋の吉左衛門とおたね夫婦は乙松を連れ、かささぎへ詫びを入れに来た。

乙松が町奴の倅と知った途端、態度を翻した夫婦は、今度のことでは考えを改めざるを得なかったと丁重に述べた。喜八たちの素性を知った上で、「これからもよろしくお付き合い願いたい」と頭を下げたのである。

喜八たちはそれを受け容れ、その後、松次郎の長屋へ行くという三人を見送ったのであった――。

その日、松次郎と乙松の二人は、伊勢屋夫婦立ち合いの席で、ようやく親子の対面を果たした。後から松次郎にその時の様子を尋ねると、「倅はこの先も伊勢屋で働き続けることになりまして」という返事である。

「いや、そっちじゃなくて、乙松との対面がどうだったかってことだよ」

あきれながらも重ねて問うと、松次郎は「そっちも無事に済みまして」と言う。さらには「この度はお世話をおかけいたしやした」と恐縮され、ついにくわしいことは聞きそびれてしまった。

ただし、その後、一人で店へやって来たおたねが、喜八にこっそり教えてくれたところによれば、「二人とも何だか硬くなっちまってて」という話であった。

「お芝居みたいに、見ている側がついもらい泣きってわけにはいかなかったわねえ」

などと、苦笑混じりに言ったものの、

「でも、それがふつうなんじゃないかしら」

と、おたねは言い添えた。

「乙松がもう少し小さかったり、逆に大人になってたら、また違ってたんでしょうけれどね」

ぎくしゃくしてはいたものの、乙松は松次郎を「お父つぁん」と呼んだそうだ。乙松はその後も、本人の望みにより、伊勢屋で小僧として働き続けることが決まり、藪入《やぶい》りの際は松次郎と過ごす約束もしたという。

「藪入り以外でも、あたしの供をしてもらうって体《てい》にして、乙松をここへ連れてくるつもりだから」

と、おたねは言った。そうやって少しずつ、父子が顔を合わせる機会を持たせてやりたいらしい。芝居が好きで、藤堂鈴之助を贔屓《ひいき》にしているおたねは、茶屋かささぎの常連客になってくれそうだ。

「叔父さんは忙しくて、今じゃ滅多に店には来ないんですよ」

あまり期待させても申し訳ないので正直に打ち明けたが、そんなことは分かっていると不服そうに言い返された。そして、今日——。

おたねは約束通り、山村座の芝居初日に、乙松を連れてきてくれたのである。

とはいえ、せっかく来てもらっても、松次郎が調理場から動くことはない。

「調理場に顔を出すか。それとも、松つぁんを呼んでこようか」

喜八は乙松に尋ねたが、乙松は「けっこうです」と首を横に振った。

「お父つぁんは仕事の最中なんでしょう。その邪魔をするわけにはいきません」

と、しっかりした口ぶりで言う。

「けど、お父つぁんに会いたいだろ」

喜八が言うと、「当たり前じゃありませんか」と横からおたねが口を挟んできた。

「けれど、松次郎さんも乙松もちゃんと弁えているんですよ。お店の者は奉公先の都合で動くもの。『私《わたくし》』の都合で動いていいのは、お休みの時だけってね」

「さすが。伊勢屋さんはちゃんとしつけが行き届いてるんですねえ」

喜八が感心して言うと、

「若旦那もしっかりしなくちゃ。自分より年上の人を雇っているんだから、大変だろうけれどね」

と、おたねから発破をかけられてしまった。

その後、喜八の勧めで、おたねが二人分の初午いなりを注文し、それを調理場の松次郎に知らせる。

「これ、乙松の注文だからさ。気合入れて作ってやりなよ」

喜八が言っても、松次郎は「いなり二つ、了解しやした」と応じただけで、それ以上のことは言わない。松次郎らしいと言えばその通りであるが、もう少し何とかならないものかね、と言いたくなる。と思っていたら、松次郎が拵《こしら》えた乙松たちの初午いなりは、他の客に供したものとは形が違うではないか。ふつうは俵型をしているのだが、乙松たちのは酢飯と具材がたっぷり詰まってまるで毬《まり》のようになっている。

笑い出したくなるのをこらえ、喜八は乙松とおたねの席へ「お待ち遠さま」と注文の皿を運んだ。

「変わった形のいなり寿司ねえ」

首をかしげているおたねに、「初午いなりですからね」と喜八は答えた。乙松とおたねが箸をつけるのを待ち、「美味いか」と乙松に尋ねると、

「はい、美味いです」

と、乙松が何度もうなずいてみせる。

この笑顔を松次郎にも見せてやりたいと思うが、その機会はこれからいくらでもあるだろう。そう思いながら、喜八は乙松の食べっぷりを見守った。

「それじゃあ、あたしはちょいと先に行っているから、お前は他に食べたいものがあったら、好きなだけ注文して、後からゆっくりおいで」

おたねは乙松に向かって言うと立ち上がった。支払いはつけで頼むと言い置き、おたねは店を後にした。

「おかみさん、ああ言ってるが、他に何か頼むかい？」

「いえ、もう腹いっぱいです」と乙松が言うのを、無理はないかと苦笑しながら聞く。

「それじゃあさ、お前にちょっと見せたいものがあんだけど、俺と一緒に来てくれるか」

喜八はそう言って、不思議そうにうなずく乙松を立ち上がらせた。弥助に目くばせをして、表口から店を出る。そこから、一軒先の路地を回り込んで、かささぎの裏庭に出た。

ここには、他の茶屋と一緒に使っている井戸があり、今は誰もいない。

「ここで、ちょいと待っててくれねえか」

喜八はその場に乙松を残したまま、自分は裏口から店の中へ戻った。そこは調理場へとつながっていて、松次郎がいる。

調理の途中でないことを確かめ、「松つぁん、洗い物が溜《た》まってるんじゃないか」と切り出した。

「俺、手伝ってやるよ」

と言うと、松次郎は驚きの表情を浮かべ、「若が洗い物なんざ、とんでもない」と言い出した。それから、そそくさと洗い物を入れた桶《おけ》を手に、庭へ出ていった。

喜八は裏の戸をほんの少しだけ開けて、外の様子を静かに見守る。

松次郎と乙松は突然の遭遇に驚いて、しばらくは互いに立ち尽くすばかりだったが、やがて松次郎の方から、

「今日はおかみさんと芝居見物って話だったたな」

と、ややぎこちない調子で話し出した。

「ああ。おかみさんは先に行ってる」

と、これまた、父親同様、ぎこちない態度で応じている。松次郎は洗い物の桶を井戸端に置き、井戸水を汲《く》み出した。手持ち無沙汰の乙松が「手伝おうか」と声をかけると、

「これは俺の仕事だ」と松次郎が無愛想に言い返す。

(何やってるんだ)

あまりの歯がゆさからつい飛び出していきたくなるが、余計な口出しをしてはならない。

ぐっとこらえていると、一人で洗い物を始めた松次郎が、目は下にやったまま、

「若とは話をしたか」

と、乙松に尋ねた。

「若旦那さんならさっき、いなり寿司を運んでくださったよ」

と、それまでよりは滑らかな調子で、乙松が答える。

「俺もお前も、今回は若に返しきれねぇ御恩を受けた」

「それはよく分かってる」

「お前はこれから、俺をお父つぁんと呼んでくれると言った。その気持ちに変わりはねぇか」

松次郎は淡々と問う。先日の伊勢屋夫婦を交えた対面の時のことであろう。

「当たり前だろ。そんなにころころ考えを変えたりしない」

乙松は少し怒ったような声で応じた。

「じゃあ、これだけは覚えておけ。俺はこの命を若のために使おうと思ってる」

松次郎はその時、洗い物の手を止め、顔を上げた。

「若は組頭じゃねえ。得物を振り回しての喧嘩《けんか》沙汰とは縁がないだろう。だが、万が一の話、若の身が危なくなったら、俺は命を懸けて若をお守りする。その時、俺を止めたり、若を恨んだりしないでくれ」

乙松が答えるまでには、ほんの少しの間があった。

「……分かった」

と、乙松は承知した。

「俺も若旦那さんの役に立てるなら何でもしたいと思う。だから、お父つぁんの気持ちはよおく分かるよ」

喜八は戸口のそばからそっと離れた。それから客席の方を通って、松次郎の洗い物が終わりかける頃合いを見計らい、裏庭へ顔を出す。

すでに松次郎は中へ戻り、一人ぽつんと立ち尽くしていた乙松は、喜八の姿を見るなり笑顔になった。

「ありがとうございました」

と、頭を下げる乙松に、「何のことだ」と喜八は空とぼけた。

「今度のこと、ぜんぶです」

乙松ははきはきと答えた。

「俺はずっと、お父つぁんが元町奴だってこと隠してました。まるでそれがいけないことみたいに。でも、違ってました。見た目とか、素性とか、そんなことで人の本性は決まらないって、今度のことで分かったんです」

伊勢屋の旦那さんとおかみさんも本心からそう言っていました、と乙松は言う。

「お前は町奴の倅ってんで、謂《いわ》れのねえ偏見を受けたと聞いた。うちの店もちょっとは似たような目に遭った。けどさ、俺の親父が暮らしてた町では、そんなことはなかったんだよ」

「若旦那の親父さんは町の橋を造って、皆の暮らしを助けたって聞きました。町の皆から尊敬されていたすごいお人なんだって」

乙松は明るい目をして言う。

「橋のことは皆、ありがたいと言ってくれてたよ。ある時、橋の上を歩く人を見てたんだけどさ。皆、仕合せそうに見えたんだ」

だがな——と、喜八は言葉を継いだ。

「お前の親父さんの作る美味い料理も、人を仕合せにするだろ。面白い芝居も人を仕合せにする」

「そう……ですね」

「仕合せは佐久間町だけにあるわけじゃねえ」

自分に言い聞かせるように、喜八は続けた。

「知り合いから佐久間町へ帰ってこいって言われたことがあったんだけど、実はその時、少し心が動いたんだ」

乙松は喜八の顔を食い入るように見つめていた。

「あの時、俺が断ったのは、ここで尻尾《しっぽ》を巻いて逃げるわけにはいかねえっていう負けん気からだった。けど、今はこう思うんだ。この木挽町で皆が仕合せになれる道を探したいってな」

「料理とお芝居で、ですか」

「取りあえずは、松つぁん頼みの料理で、だな。芝居の方は、俺は門外漢だし……」

「え？　でも、この前の舞台では……」

と、何やら余計なことを耳に挟んでいたらしい乙松の口を素早く封じ、

「そういや、お前。おっ母さんの顔を知らねえんだったな」

ふと思い出したふうに、喜八は訊いた。

「え、あ、はい」

「なら、もう二度と、お父つぁんの顔は忘れるなよ」

「――はい」

乙松は言葉を嚙み締めるように答えた。

「俺も親父の顔は一生忘れねえ」

力強い声で言い切り、「話は終わりだ」と喜八は告げた。

「さあ、急げ。柝の音に間に合わなかったら、おかみさんに叱られるぞ」

芝居小屋へ追い立てるように言うと、乙松はまぶしい笑顔で「はい」と答えて駆けていく。それを見送り、淡い色の空を仰ぐと、その彼方に、厳《いか》つくて懐かしい親父の顔を見た

ような気がした。

本書は、ハルキ文庫のために書き下ろされた作品です。

時代小説文庫
し 11-15

初《はつ》午《うま》いなり 木《こ》挽《びき》町《ちょう》芝居《しばい》茶《ぢゃ》屋《や》事《じ》件帖《けんちょう》

著者 篠《しの》 綾《あや》子《こ》

2022年 1月18日第一刷発行
2022年 2月 8 日第二刷発行

発行者 角川春樹

発行所 株式会社 角川春樹事務所
〒102-0074 東京都千代田区九段南2-1-30 イタリア文化会館

電話 03(3263)5247[編集] 03(3263)5881[営業]

印刷・製本 中央精版印刷株式会社

フォーマット・デザイン＆シンボルマーク 芦澤泰偉

ISBN978-4-7584-4456-9 C0193

http://www.kadokawaharuki.co.jp/[営業]
fanmail@kadokawaharuki.co.jp[編集] ご意見・ご感想をお寄せください。

篠 綾子の本

望月のうさぎ

江戸菓子舗照月堂

生まれ育った京を離れ、江戸駒込で尼僧・了然尼と暮らす瀬尾なつめは、菓子に目がない十五歳。七つで両親を火事で亡くし、兄は行方知れずという身の上である。ある日、大好きな菓子を買いに出たなつめは、いつもお参りする神社で好々爺に話しかけられた。この出会いは、なつめがまた食べたいと切に願ってきた家族との想い出の餅菓子へと繋がった。あの味をもう一度！　心揺さぶられたなつめは、自分も菓子を作りたいという夢へと動きはじめて……。小さな菓子舗が舞台のシリーズ第一巻。

ハルキ文庫

篠 綾子の本

菊のきせ綿
江戸菓子舗照月堂

江戸駒込の菓子舗照月堂で女中として働きながら、菓子職人を目指す少女・瀬尾なつめ。自分よりも後に店に入ったお調子者の安吉が、主・久兵衛のもと職人見習いを始めたことに焦りを感じつつ、菓子への想いは日々深まるばかりだ。そんな折、照月堂に立て続けで珍しい客が現れる。なつめを訪ねてきた江戸市中でも高名な歌人。そして、上野にある大きな菓子店氷川屋の主とその娘である。それぞれの客により、店には驚きと難題がもたらされて――大好評シリーズ、第二巻。